Vorbemerkung

Der zweite Band der umfassenden Sammlung ostfriesischen Humors, eine unentbehrliche Ergänzung zu Band 1, bringt eine Fülle weiterer Beispiele aus vielen Lebensbereichen. Das »Buch vom ostfriesischen Humor, Band 1«, im November 1982 in 1. Auflage erschienen, enthält das Vorwort für die gesamte Sammlung sowie die folgenden Kapitel:

Von Jan und anderen Leuten
Vom Leben auf dem Lande
Vom Essen und Trinken
Von der Liebe Freud und Leid
Von berühmten Leuten
Von Königen und anderen hohen Herren
Von Staatsdienern und Politikern
Von Kunst und Künstlern
Von alter Volkspoesie
Von eigenartigem Federvieh

Der Strom ostfriesischen Humors scheint unerschöpflich. Die spontane Resonanz vieler Leser auf den ersten Band, zahlreiche mündliche und schriftliche Anregungen und Hinweise aus dem Leserkreis sowie zusätzliches Material ermutigen Verlag und Autoren, einen dritten Band anzukündigen.

JOHANN HADDINGA / THEO SCHUSTER

Das Buch vom ostfriesischen Humor

Band 2

VERLAG SCHUSTER LEER

Hinweis

Biographische Notizen und Bibliographien der Autoren sind in Band 1, Worterklärungen sowie ein Quellen- und Literaturverzeichnis für das Gesamtwerk in Band 3 enthalten.

ISBN 3-7963-0188-6 (Bd. 2)
ISBN 3-7963-0186-X (Bd. 1)
ISBN 3-7963-0213-0 (Bd. 3)

1. Auflage 1983

Lektorat und Anmerkungen: Theo Schuster
Grafik: A. Langwisch
Schrift: Garamond 10/11 Punkt.
Gesamtherstellung: Hans Kock, Buch- und Offsetdruck GmbH, 4800 Bielefeld
Printed in Germany

Von Müßiggängern und Originalen

Eckensteher, Delftspucker und Sonnenbrüder

Aus der Zeit vor dem Ersten Weltkrieg haben sich zahlreiche Geschichten erhalten über die durstige »Gilde« der Eckensteher, auch wohl Flintenpetter, Leegloper oder Tünnschojer genannt. Gemeinsam war ihnen allen ein inniges Verhältnis zum Schnaps und eine tief verwurzelte Abneigung gegen körperliche Anstrengung; häufig waren sie obdachlos.

In jeder Stadt hatten sie ihren festen Treffpunkt: in Norden vor dem damaligen Gasthof Jerusalem an der Ecke Osterstraße/Markt, in Emden am Delft und in Leer am Ufer bei der Waage.

Einer der bekanntesten Norder Eckensteher war Jan Uhl(en). Er war zwar aus dem Krieg 1870/71 mit dem Eisernen Kreuz heimgekehrt, konnte jedoch nicht in das bürgerliche Leben zurückfinden.

Wie viele seiner Kollegen war er bei Einbruch der kalten Jahreszeit darauf bedacht, eine warme Unterkunft zu finden. Eine harmlose Straftat genügte oft, um ein »Logis« auf Staatskosten zu erhalten. An einem eisigen Wintertag schienen sich jedoch die Polizisten gegen Jan Uhl verschworen zu haben. Was immer er auch anstellte — sie ließen ihn gewähren. Schließlich marschierte Jan wütend zum Alten Rathaus, zertrümmerte eine Gaslaterne und wurde wunschgemäß eingelocht.

Neben einer Reihe besonders trinklustiger Norder Einwohner erschien eines Tages auch Jan Uhls Name auf der öffentlichen »Säuferliste«. Daraufhin angesprochen, erklärte Jan ungerührt, das sei halb so schlimm: »Börgmester steiht der ja ok up!« Die Liste trug die Unterschrift von Bürgermeister König.

In einer frostigen Januarnacht fand ein stockbetrunkener Kollege Jan Uhls einen Unterschlupf auf dem Dachboden eines Bürgerhauses. Die Bewohner entdeckten ihn am Morgen in einer ungewöhnlichen Lage: Er hatte einige Ziegel abgedeckt, streckte die nackten Füße durch das Dach in die kalte Luft und murmelte fortwährend: »Benaut, benaut.«

In der Norder Altstadt saß nach einem heftigen Regenschauer ein sternhagelvoller Eckensteher völlig durchnäßt am Straßenrand und hielt als provisorische Angel eine Schnur mit einem Wurm daran in die Gosse. Einige Passanten betrachteten verwundert die Szene und fragten, was es denn hier zu angeln gebe. Darauf kam die nachdenkliche Antwort: »Well weet, wor de Aal sien Loop hett?«

Eines fast legendären Rufes erfreuten sich aber zweifellos die Emder Delftspucker.

Tag für Tag lehnten sie am Eisengitter der Rathausbrücke und beobachteten stundenlang das Straßengeschehen, oder sie stützten sich auf das Geländer und starrten unverwandt ins Wasser. Von Zeit zu Zeit ließen sie die Schnapsflasche kreisen und spuckten ihren Priemsaft in hohem Bogen in den Delft. Sie nannten sich »Gelegenheitsarbeiter« und setzten all ihren Ehrgeiz darein, mit möglichst wenig Aufwand viel Trinkgeld einzustreichen.

»Gelegenheiten« gab es genug, etwa dann, wenn ein Kapitän Aushilfskräfte zum Vertäuen, Laden oder Löschen brauchte oder auch ein Handelsvertreter kurzfristig Träger für seine Musterkoffer benötigte.

Die Delftspucker liefen jedoch ihrer Arbeit keineswegs wie beflissene Dienstmänner nach, sie ließen sich oftmals lange bitten oder nahmen nur widerwillig eine Beschäftigung an, meist auch nur dann, wenn die Geneverflasche zur Neige ging und in der »Börse« oder in »Niedermeyers Bierhalle« nachgefüllt werden mußte.

Im Winter sah man sie auch als »Bahnfeger« auf den zugefrorenen Tiefs in und um Emden. Wer vorüber »schöfelte«, ohne ihnen das erwartete Trinkgeld zuzuwerfen, erhielt einen bösen »Nachruf«: »Gitzkragen! Blixem! Loop doch in d' Snee un neet up uns' Bahn! Ik wull, dat du versupen deest, du Smeerlapp!«

Einer der bekanntesten Delftspucker war Jan Rehbein. Auf dem Kopf trug er stets eine schwarze, schmutzstarrende Mütze, die er zuweilen lüftete, um sich mit den Fingern durch das strähnige lange Haar zu fassen.

Wenn ihm die Läuse gar zu lästig wurden, hockte er sich mehrmals nieder und richtete sich wieder auf. Dabei scheuerte er seinen Rücken an einer Mauer »as 'n Koh an 't Schüürpahl« (Scheuerpfahl). Er gab sich gern besonders hilfsbereit und lief im Eilschritt herbei, wenn jemand seine Dienste begehrte:

»Wat believt, mien Herr?«

Bei der übertragenen Arbeit ließ er sich jedoch meistens Zeit.

Rickelt Kosak, ein anderer »Gildebruder«, verdankte seinen Namen der Tatsache, daß er regelmäßig die Pferde in die Schwemme am Boltentor hinein ritt und dann stolz wie ein Kosak hoch zu Roß saß. Er galt als der durstigste der Delftspucker; wenn er keinen Schnaps hatte, trank er sogar Brennspiritus.

Arend Gurkje zählte zwar zu den Delftspuckern, ging jedoch mehrmals im Jahr einer »unternehmerischen« Tätigkeit nach. Als Marktbezieher stand er bei den Volksfesten mit einem großen Gurkentopf, einer Gabel und einem Löffel auf dem Platz. Wem der Sinn nach herzhafter Kost stand, konnte bei Arend für einen Pfennig sein Glück versuchen und aus dem Glas eine Gurke stechen. Das gelang nur selten, weil die stumpfe Gabel meistens an den Früchten abglitt. Als »Trostpreis« gab es »Gurkennatt«. Alle schlürften genüßlich von demselben Löffel, den Arend immer wieder in die Essigbrühe tauchte.

Als Preußen nach dem Krieg von 1866 mehrere deutsche Staaten annektierte und die bisherigen Regenten entthront wurden, meinte ein Delftspucker:

»Wenn ok alle Fürsten un Potentaten fleiten gahn, wenn de Kurfürst in Nörden man blifft.«

Branntweinbrenner, plattdeutsch Kuurstoker, wurden wegen ihres einträglichen Geschäfts im Volksmund spöttisch als Kurfürsten bezeichnet, hier ist wohl speziell Doornkaat, Norden, gemeint.

Ein frühes Urteil über die Delftspucker aus dem Ostfriesischen Monatsblatt von 1870 spricht für sich:

»Die Emder Delftspucker haben keine sehr zarte Natur, ihre Hauptarbeit ist Schneeschippen, der Unterhalt ihrer Familien wird durch Zwangsarmenbeiträge erreicht, ihre Verwaltung erfordert zarte Behandlung.«

Auch die Leeraner »Sonnenbrüder« genossen gern den Anblick des Wassers und standen auch sonst ihren Emder Kollegen kaum nach. Sie waren gewöhnlich »an't Över«, am Hafen, bei der Waage anzutreffen.

Einer von ihnen, Sünke Pott, hatte einmal notgedrungen eine Stelle als »Pleegsmann« angenommen, aber es fiel ihm sichtlich schwer, den eiligen Rufen der Gesellen zu folgen; hier hieß es »Kalk!«, dort schon wieder »Steine!« Als Sünke einmal eine Pause einlegte und sich mit einem Kollegen unterhielt, kam der Polier und jagte die beiden an die Arbeit.

Da meinte Pott:

»Se hebben uns doch verboden, dat wi uns bi de Arbeit unnerhollen, dann mutten wi doch so lang mit de Arbeit uphören, wenn wi uns mal unnerhollen willen.«

Da hatte Sünkes Arbeit schon wieder ein Ende.

Als Sünke Pott wieder einmal in »Trauer« war, so nannte er es, wenn er kein Schnapsgeld hatte, fand er am Ufer einen Taler. Er setzte sich auf die Landungsbrücke, ließ das Silberstück von einer Hand in die andere gleiten und überlegte, wie er den plötzlichen Reichtum am besten anlegen könnte. Da plumpste der Taler in den Hafen. Betrübt sah ihm Sünke Pott nach und rief:

»Versupen wull 'k di ja, man ik harr mi dat anners docht.«

Ein anderer Leeraner Sonnenbruder, Joke Snippel, verschaffte sich regelmäßig mit leichter Arbeit das nötige

Trinkgeld. Von körperlicher Anstrengung hielt er jedoch nichts, und so zog er den Rock auch bei der Arbeit nicht aus.

Als er einmal von einem Arbeitgeber nicht nur Geld, sondern auch noch freie Kost erhielt, legte Snippel vor dem Essen jedoch die Jacke ab. Auf die Frage, was die ungewöhnliche Geste zu bedeuten habe, meinte er:

»Och, dat sücht anners man so lei ut!«

Snippel wollte wohl zu erkennen geben, daß er bei dieser Arbeit durchaus ins Schwitzen geraten konnte.

s.a. Anmerkungen

Bokelmann

Schon im 19. Jahrhundert erzählte man in Emden Geschichten von Bokelmann. Das historische Vorbild dieses legendären Alt-Emder Originals ist zwar nicht bekannt, in der Phantasie vieler Erzähler lebt Bokelmann jedoch fort bis auf den heutigen Tag. Am bekanntesten ist die Geschichte von *Bokelmann im Himmel.*

Als er eines Tages seinen gewohnten Mittagsschlaf hielt, hatte Bokelmann einen wunderschönen Traum. Vor sich sah er eine steile Treppe mit zahllosen Stufen. Er stieg hinauf und stand schließlich vor einer riesengroßen Tür. Auf sein Klopfen öffnete Petrus. Bokelmann verbeugte sich artig:

»Bokelmann ut Emden«, sagte er.

»Petrus von Kapernaum«, erwiderte der Apostel ebenso höflich, nahm ihn bei der Hand und zeigte ihm den Himmel. Schließlich kamen sie in einen großen, prächtigen Saal, an dessen Ende der Herrgott auf seinem Thron saß. Nach der gegenseitigen Vorstellung sagte der himmlische Vater:

»Dat is moij, Bokelmann, dat Se sük ok mal seh'n laten. Wat gifft Nees up de Eer?« Bokelmann erzählte, und der Herrgott hörte aufmerksam zu. Dann wandte er sich an seinen neben ihm sitzenden Erzengel:

»To, Gabriel, stah up, laat Bokelmann dor sitten un breng hum eben wat to drinken! Wat sall 't wesen: 'n Koppke Tee, of 'n Glas Wien, of lüst Jo lever na 'n Glas Grog?«

»Och, 'n Glas Hemelsgrog much ik woll drinken«, meinte Bokelmann.

Der Erzengel brachte das Gewünschte, ein köstlicher Duft stieg Bokelmann in die Nase, er hob das Glas an den Mund und wollte gerade trinken, als ihn die laute Stimme seiner Haushälterin auf die Erde zurückholte:

»Bokelmann, Se mutten upstahn! Is al veer Ühr! Se hebben verslapen!«

Bokelmann traf sich nämlich jeden Nachmittag gegen vier Uhr mit einigen alten Emdern zum Grog in der »Börse«. An diesem Tag jedoch erschien er verspätet und bestellte zur allseitigen Verwunderung ein kühles Bier. Als er aber sein himmlisches Erlebnis erzählt hatte und mit den Worten schloß:

»Ik kann jo neet seggen, wat ik mi argert hebb. Kunn 'k dat Glas Grog neet mehr drinken! Nu mag 'k vandage keen Grog mehr sehn«, empfand auch die Stammtischrunde Verständnis für Bokelmanns ungewöhnliches Verhalten.

Eines Tages debattierte der Stammtisch über das weibliche Geschlecht. Frauen mit runden Knien seien Engel, mit spitzen dagegen dem Teufel ähnlich, war die überwiegende Meinung. Bokelmann beschloß, sich durch Augenschein selbst zu überzeugen. Nach dem Abendessen bat er seine Haushälterin, den Rock hochzuheben. Überrascht, aber doch neugierig, kam die Frau dem ungewöhnlichen Wunsch nach. Bokelmann betrachtete kurz die entblößten Knie, wandte sich dann rasch ab und stellt fest: »Se sünd keen Engel un Se sünd ok keen Düvel! Se sünd man blot 'n heel oll Swien!«

Ein Stammtischbruder war gestorben. Außer einem »Sööpke« schätzte er Frikadellen über alles. Bei der Beerdigung ließ die Witwe einige Blumen in das offene Grab fallen. Bokelmann warf eine Frikadelle hinterher. »Meinen Sie, daß er die noch ißt?«, flüsterte ihm die Frau zu.

»Dat wall neet«, meinte Bokelmann, »man Hör Blomen stellt he ok neet mehr in 't Water!«

Bokelmann verlangt auf dem Emder Bahnhof eine Fahrkarte:

	»Ik much geern en Fahrkaart hebben.«
Beamter:	»Wohin bitte?«
Bokelmann:	»Wat geiht di dat an?«
Beamter:	»Ich muß doch wissen, wohin Sie wollen.«
Bokelmann:	»Höör eben, ik gah up Reis, neet du. Geev mi 'n Kaart un darmit basta!«
Beamter:	»Ja — soll ich Ihnen denn eine Karte nach Leer geben?«
Bokelmann:	»Is goot.« Er bezahlt und murmelt im Weggehen: »Anscheten hebb 'k di ja doch, ik wull man blot bit Peetjum.« (Petkum).

s.a. Anmerkungen

Ik Will Jo Wat Schieten!

Am Neuen Weg in Norden wohnte um die Jahrhundertwende »Oll Happach«, ein in Ehren ergrauter Junggeselle, der sich als Kaufmann einiges Geld zusammengespart hatte und davon bescheiden lebte. Ältere Zeitgenossen erinnerten sich gern an eine Szene, die sich allmorgendlich wiederholte: Punkt 8 Uhr trat Happach vor die Tür — eingehüllt in einen grauen Schlafrock, ein abgegriffenes Samtkäppchen auf dem Kopf — und reinigte bedächtig, aber gründlich über der Gosse seine lange Pfeife.

Sein guter Ruf, aber auch ein offenes, manchmal grobes Wort zur rechten Zeit brachten Happach im Alter manches Ehrenamt ein. Eines Tages wurde er in den Vorstand der Norder Genossenschaftsbank gewählt. Nach der Wahl wünschten ihm die Anwesenden Glück und legten es offensichtlich darauf an, das Ergebnis auf seine Kosten kräftig zu begießen.

Happach jedoch wurde auch hier seinem Grundsatz, maßvoll zu leben, nicht untreu. Es widerstrebte ihm, der allgemeinen Erwartung nachzukommen.

Langsam, aber zielsicher bewegte er sich rückwärts dem Ausgang zu. Bevor er verschwand, steckte er den Kopf durch die Tür und rief der verdutzten Generalversammlung zu:

»Ik will jo wat schieten!«

Bernd Klootscheeter

Als »Bernd Klootscheeter« ist der Bauer Berend Onken aus Heglitz bei Ardorf in die Geschichte des ostfriesischen Nationalsports eingegangen. Sein Ruhm als wurfgewaltiger Klootschießer war so groß, daß Onken 1883 über die Grenze in das oldenburgische Jeverland »geschmuggelt« wurde, um den Jeveranern in Varel bei einem Feldkampf gegen die Butjadinger zu helfen.

Die Jeverländer gingen auch zunächst mit Hilfe des berühmten Ostfriesen in Führung. Doch bald wendete sich das Blatt. Die Butjadinger holten mächtig auf und gewannen einen Vorsprung, der nicht mehr aufzuholen war. Unglücklicherweise schlug Onkens letzte Kugel — obwohl er gewaltig ausgeholt hatte — nach dem Aufprall in die Erde und blieb unbeweglich liegen.

»Bernd Klootscheeters« Wut über die Niederlage und die verletzte Ehre war unbeschreiblich: Grimmig packte er den Kloot und biß so kräftig hinein, daß die Zähne tief in Holz und Blei eindrangen. Die so »gezeichnete« Kugel wurde lange Zeit als Rarität im jeverländischen Dorf Haddien aufbewahrt.

Jan Bitter

Zu den Originalen des Harlingerlandes zählte im 19. Jahrhundert Jan Bitter aus Etzel, mit bürgerlichem Namen Johann Janssen. Dem Magenbitter (»Bittern«), den er selbst herstellte, verdankte er seinen Ökelnamen. Er reiste viel mit seinem Schnapswagen umher und war in weiten Teilen Ostfrieslands bekannt. Begeisterte Zuhörer fand er, wenn er auf Märkten und Auktionen ein Faß bestieg und schwungvolle Reden hielt. Noch zu Lebzeiten dichtete er einen Vers, den er sich als Grabinschrift wünschte:

> Hier ruhet Bacchus' edler Ritter,
> auf Erden hieß er nur Jan Bitter.
> Selig war er oft auf Erden,
> im Himmel hofft er's mehr zu werden!

Jantje-Möh

Die 1803 geborene Jantje Saathoff, genannt Jantje-Möh, lebte um 1900 allein in einer einsam gelegenen Moorkate bei Voßbarg. Sie bestellte selbst ihren Acker und zog erst kurz vor ihrem Tode zu einem ihrer Söhne nach Akelsbarg, wo sie 1908 im Alter von 105 Jahren starb.

In ihren letzten Lebensjahren war die rüstige Greisin das Ziel zahlreicher, vor allem auswärtiger Besucher, die den weiten Weg zu ihrer reithgedeckten Hütte nicht scheuten und von ihr mit Tee und Butterkuchen gastfreundlich bewirtet wurden. Ihr Konterfei im Sonntagsgewand auf einer farbigen Postkarte ließ sie weit über die Grenzen der Heimat hinaus bekannt werden. Ihre Stimme mit dem »harten, selten noch gehörten alten Dialekt« wurde auf Phonographenwalzen festgehalten.

Gäste empfing Jantje-Möh nur bis zum späten Nachmittag. Sie ging früh schlafen, nachdem sie zuvor die Tür mit Eimern und anderem Hausgerät gegen »Nachtlopers, Räubers un sükse Schojerpack« verbarrikadiert hatte. Nur mit einem Trick gelang es einem Besucher einmal, zu später Stunde dennoch eingelassen zu werden: Am Abend vor dem Nikolaustag zeigte er ihr durchs Fenster einen besonders schönen »Stutenkeerl«. Die Alte konnte nicht widerstehen und räumte den Hausrat vor der Tür beiseite.

Einige betagte Herren, die an einer Treibjagd in der Nähe von Voßbarg teilgenommen hatten, wollten sich die berühmte Hundertjährige auch einmal aus der Nähe ansehen. Sie gingen in das Haus und baten um ein Glas Wasser. Jantje-Möh, die sich beobachtet fühlte, meinte: »Ik weet heelneet, wat ji junge Lü an mi oll Wiev to kieken hebbt!«

Als einer ihrer Söhne im Alter von 75 Jahren starb, kommentierte sie die Todesnachricht mit den Worten:

»Dat hebb ik mi al immer docht, dat ik de Fent neet groot krieg!«

s.a. Anmerkungen

De Hunnertjahrige

As in de Tiet na de tweede Weltkrieg Oma Onkes in Westermoordörp hunnert Jahr olt worden sull, maak sük bitieden en Blattjeschriever up Padd, de Kopp vull Neeschier. He kenn sük in Westermoordörp neet ut. Do seech he in en Tuun en olt Minske.

»Moin«, sä he, »wor wohnt hier woll Oma Onkes?« Dat Ollske keek up un wies up en lüttjet Huus nahbi: »Dor wohnt se!«

»Besten Dank«, sä de Keerl, »ik will hör man blot fotografeern! Se word ja hunnert un sall in 't Blattje!«

»Dat geiht woll neet«, sä dat Ollske, »Oma Onkes is neet in Huus!«

»Neet in Huus?«, wunner he sük, »is se denn up Visiet gahn?«

»Up Visiet?«, meen dat Ollske un frööt mit beide Hannen wieder tüsken de Tuffels, »för Visiet hett se keen Tiet, se is an Tuffelrüden!«

De Schriever weer vööl wennt, man he harr noch noijt höört, dat en Hunnertjahrige noch up Tuffelacker gung.

»Is dat ok wahr, Oma?«

Dat Minske an de Grund richt' sük up un keek hum an:

»Ji seh'n ja, jung' Herr, dat dat wahr is: De Hunnertjahrige, de Ji söken, dat bün ik!«

Die Moordorfer Venus

In der Erinnerung alter Einwohner der einst aus der Wüstenei entstandenen Kolonie Moordorf leben sie noch heute fort: Groot Gerd und Johanna. Immer wieder gerieten die Eheleute — wenn auch nur wegen kleinerer Delikte — mit dem Gesetz in Konflikt, und häufig genug hatte der Polizist Dirks aus Walle seine Last mit ihnen. Daraus entwickelte sich ein Kleinkrieg, in dem beide Seiten darauf bedacht waren, sich zu überlisten.

Als Gerd nach einer Straftat einmal wieder nicht aufzufinden war, machte sich Dirks mit kriminalistischem Spürsinn und einigen Männern auf die Suche. Zuletzt kam man in die Wohnung, obwohl kaum Hoffnung bestand, den Täter ausgerechnet dort zu finden. Johanna erklärte denn auch mit Unschuldsmiene, ihr Mann sei nicht zu Hause. Dem Gendarm fiel auf, daß die Herdstelle in der Wohnküche kalt war, obwohl es ein frostiger Winterabend war. Er folgte einem spontanen Einfall und entfachte ein Torffeuer, dessen beißender Qualm bald durch den Schornstein drang.

Als Dirks noch zweimal kräftig nachgelegt hatte, zwängte sich Gerd aus dem Schornstein, hustend und nach Luft ringend. Vergeblich hatte er versucht, nach oben zu entwischen.

Das Nachsehen im wortwörtlichen Sinne hatte der Polizist eines Tages bei Johanna, als er sie festnehmen wollte. Sie war zwar bereit, ihm zur Wache zu folgen, wollte sich jedoch erst waschen: »As 'n Swien gah 'k neet mit!«

Vor dem Auge des Gesetzes ließ sie bis auf das Hemd alle Hüllen fallen. Nach gründlicher Körperreinigung gab sie vor, kein Handtuch zu finden. Sie eilte zur Tür, um eins von der Leine zu holen. Der Gendarm sah darin einen geschickten Fluchtversuch, stürzte der Frau nach und hielt sie am Hemdzipfel fest. Blitzschnell wand sich Johanna aus dem letzten Kleidungsstück und rannte splitternackt ins Freie. An der Kirche drehte sich die wohlproportionierte Venus siegessicher um und winkte dem verdutzten Polizisten zu, der mit dem Hemd in der Hand vor den nackten Tatsachen kapitulieren mußte.

Pütt und Harm Ruugfröst

Lange Zeit unbehelligt zog einst ein Moordorfer als angeblicher »Brunnenkontrolleur« durch die Lande. Sein forsches Auftreten flößte vielen Püttbesitzern in Ostfriesland einen derartigen Respekt ein, daß sie freiwillig die jeweils geforderten Gebühren zahlten und auch Mängel beseitigten, wenn er dies mit entsprechendem Nachdruck verlangte. Der Moordorfer »Hauptmann von Köpenick« hieß im Volksmund Pütt, ein Ökelname, der sich später vererbt hat.

In Stadt und Land bekannt war um die Jahrhundertwende der Moordorfer Hausierer Harm A. Reck, genannt Harm Ruugfröst. Die Leute erzählten, seine Mutter habe ihn als kleines Kind einmal im Winter verloren und erst nach Stunden wiedergefunden. Er war von harmloser Natur, wich aber manchmal vom Pfad der Tugend ab. So verkaufte er eines Tages dem Pastor Rodenbäck in Forlitz-Blaukirchen, einem leidenschaftlichen Blumenliebhaber, schöne Rosensträucher. Als der Geistliche sie später einpflanzen wollte, stellte er fest, daß es seine eigenen Gewächse waren. Harm hatte sie im Pastorengarten heimlich ausgegraben.

Oll Willm

Wilhelm Brechtezende, genannt Oll Willm, war um die Jahrhundertmitte eines der bekanntesten Originale im südlichen Ostfriesland. Kurz vor seinem Tode nutzte 1966 ein Ihrhover Kaufmann die Popularität des damals Achtzigjährigen.

Unter der Marke »Oll Willm« brachte er einen Korn auf den Markt, dessen Flaschenetikett ein nicht ganz geglücktes Konterfei des Namengebers zierte. Obwohl selbst kein Trinker, blieb Oll Willm so zeitweilig als Markenbezeichnung und als Name einer Ihrhover Gaststätte der Nachwelt erhalten.

Willm galt von Jugend an als Sonderling.

Ursprünglich reformiert, trat er später zu den Sabbathisten über und lernte dort auch seine Frau kennen. Die kinderlose Ehe wurde bald wieder geschieden.

Auf vom Vater ererbten Landbesitz in Großwolder- und Ihrenerfeld, dessen Wert in der Mitte der sechziger Jahre auf rund 200000 Mark geschätzt wurde, errichtete er nach dem Ersten Weltkrieg eine Hütte, die er mit seinen Hunden und Ziegen teilte.

Häufig übernachtete er auch auf einer Bank oder in einem Heuschober. Seine Ländereien wurden später als Bauplätze verkauft, eine Straße der dortigen Siedlung in Großwolderfeld erhielt den Namen »Wilhelmstraße«.

Bis ins hohe Alter fuhr er fast täglich und bei Wind und Wetter mit seinem klapprigen Fahrrad in die Kreisstadt Leer und erledigte Besorgungen für Freunde und Nachbarn. Mit wallendem Bart, abgegriffenem Hut, eingemummt in mehrere Jacken und mit zahlreichen Taschen gehörte er als einer der letzten ostfriesischen Botengänger zum Stadtbild.

Bei der Heimkehr kündigte er noch im Fahren seine Ankunft an, so daß die Auftraggeber ihm häufig schon auf der Straße entgegenkamen. So rief er kurz vor der Apotheke: »Aptheek, Aptheek!« Hatte er ein Geschäft besucht, rissen die Kaufleute meistens Fenster und Türen auf, denn der intensive Geruch, der von dem engen Zusammenleben mit seinen Ziegen zeugte, war nicht zu »überriechen«.

Willm galt als grundehrlich und zuverlässig. Er war kinderfreundlich und gutmütig, mußte sich jedoch häufig einer spottenden Kinderschar erwehren. Zur Weihnachtszeit von den Kleineren auch als Weihnachtsmann angesehen, ging er wohl auf das Spiel ein und meinte strahlend: »Ja, sall 'k di denn ok wat brengen?«

Willm liebte seine Freiheit und Unabhängigkeit über alles, er löste sich in späteren Jahren wieder von der Sabbathistischen Gemeinde und lebte streng nach den Gesetzen des Alten Testaments.

So konnte es nicht ausbleiben, daß er während des Dritten Reiches in ernsthafte Konflikte zu seiner Umwelt geriet.

Sonderlinge seines Schlages paßten nicht in die »neue Zeit«.

Mehrmals mußte er wegen geringfügiger Delikte vor Gericht erscheinen. So wurde er im Jahre 1937 wegen Verstoßes gegen die Straßenverkehrsordnung und wenig später gegen die Tierzuchtverordnung zu jeweils fünfzig Mark Geldstrafe verurteilt, da er einen seiner »nutzlosen, nicht gekörten Ziegenböcke, die er in seiner Behausung durch die Zeit futtert« (OTZ v. 9.4.1937), zum Decken gegeben hatte.

Der damals eben über fünfzig Jahre alte Willm wurde wegen ungebührlichen Erscheinens vor Gericht zu drei Tagen Haft verurteilt.

Anstoß erregten sein unsauberes »Packje«, die Holzklumpen und das ungepflegte Haupt- und Barthaar.

Willms Einspruch, der Bart sei doch letztlich eine Zierde des deutschen Mannes, zumal man doch jetzt »der Vollkommenheit entgegengehe«, wurde verworfen.

Die sofort fällige Geldstrafe kommentierte er mit »einer lächerlichen, theatralischen Ansprache« (OTZ) und zahlte mit den etwas abgewandelten Luther-Worten:

»Laß fahren dahin, sie habens kein Gewinn, das Reich muß mir doch bleiben!«

Eines Tages suchten ihn Hitlerjungen auf, drohten, ihn einsperren zu lassen, schnitten ihm gewaltsam den Bart ab und steckten seine Hütte in Brand.

Er baute alles wieder auf, rächte sich aber auf seine Art und nannte seinen Hund fortan »Nazi«.

Als er einmal für Großwolder Bauern Eier in Leer verkaufte, soll er seine Ware mit den Worten angepriesen haben:

»Moij Eier, bruun as Hitler, dick as Göring un nett so glatt as Goebbels!«

s.a. Anmerkungen

He kriggt Sweet al, wenn he der man an denkt, dat anner Lü wat doon willen.

Elk Land hett sien Wies, elk Huus hett sien Spies.

He söcht na 't Wark un dankt Gott, wenn he 't neet findt.

Stennen is de halve Arbeit.

He mag de Arbeit geern van feern seh'n.

He is neet bang vör de Arbeit, he düürt der woll bi slapen.

He kann vör luter Drockte neet wachten, dat he wat deit.

De Lü, de nix to doon hebben, hebben 't am drocksten.

Leddige Hannen krabben de Mors.

Foot in de Aske, nix in de Taske.

'n Kalv mutt na sien egen Natur danzen.

Man kann ut 'n Esel kien Danzpeerd maken.

Elk hett sien Pupp, wor he mit spöölt.

Uns Heergott hett vööl Köstgängers.

Man moot de Minsk nehmen, as he is, un nich, as he wesen kunn.

Von Kindern und Erziehern

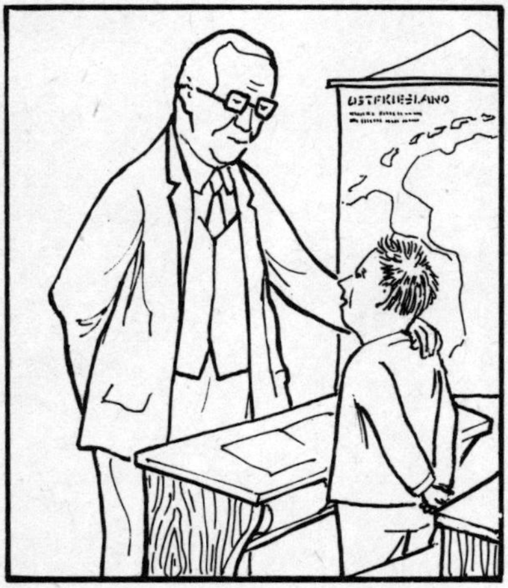

Pingeln

Hinnerk, Nahber sien Lüttje, stunn bi de anner Nahber vör de Döör un wull an de Pingel trecken. Man se was to hooch. De Jung was al heel achter de Aam.

»Nu, Hinnerk, kannst hum neet berecken?« sä ik.

»Nee!«

»Sall ik di even uptillen?«

»Hija!«

Ik namm hum up 'n Arm, un he truck an de Pingel. He truck noch mal.

»Nu«, sä ik, »dat sallen se denn woll höört hebben. Un wat seggst nu?«

»Danke, Unkel!« sä de Jung gau, man noch gauer keem der achteran:

»Man nu mutt' wi ok lopen!«

De Baas In De Weeg

Mal kweem en Mann in dat Huus van en Schoster.

He froog de junge Frau:

»Is de Baas in Huus?«

»Ja«, sä de Frau un smüsterde, »de Baas is in Köken.«

De Mann gung darhen, man dar was nüms.

He kweem torügg un sä:

»Nee, jung' Frau, in de Köken was he neet.«

Dar meende de Frau:

»He is dar doch in, de Baas liggt in de Weeg!«

Hör Mann was Schosterbaas, man hör lüttje Söhn was Baas van de heel Huushollen.

Früh Übt Sich

Der kleine Eike hatte sich daneben benommen, und Engelina, das Hausmädchen, hatte ihn verdonnert, sich auf dem dunklen Hausflur in die Ecke zu stellen.

Eine Zeitlang verharrte Eike geduldig und still an diesem Platz. Schließlich wurde es ihm zu dumm, und er brüllte lauthals:

»Engelina, du oll' Stück Schiet! Nu kaam doch ennelk un haal mi!«

De Nöösdrüppel

Uhrmaker Eilers muß der weer her, denn de oll' Klock wull neet mehr lopen. Dat weer wat för lüttje Freerk. He seet stündenlang bi Eilers an de Disk un leet keen Oog van hum. To Middag geev dat wat Besünners: Riesbree. Alle Mann um de Tafel atten, as wenn se seß Week nix hatt harrn. Blot lüttje Freerk röhr sien Lepel neet an. He keek stiev de oll Uhrmaker an, as wenn he sük dat Gesicht för all' Tieden marken wull. Man mit eenmal hau he mit de Fuust up de Disk, dat de Tellers wüppden, un brull luuthals:

»He liggt der in! He liggt der in!«

Verfehrt sprung Vader in de Höcht:

»Well liggt der in?«

Lüttje Freerk keek Eilers noch stiever an un kweem der denn mit herut:

»Uhrmaker sien Nöösdrüppel liggt nu in d' Riesbree!«

Dat harr ik man doon sullt, sä de Jung, do leet de Swalvke wat in de Sopp fallen.

Kluntje für den Pastor

Der Pastor ist zu Besuch gekommen. Die Hausfrau bereitet Tee. Kandis, Sahne und Tassen stehen schon auf dem Tisch, das Wasser braust.

Plötzlich stürzt der fünfjährige Jan herein, greift den zuoberst liegenden dicksten Kluntje und stopfte ihn in den Mund.

Aber seine Mutter nimmt ihm resolut die süße Beute wieder ab und legt sie mit den Worten in eine Tasse:

»Disse dicke Kluntje harr ik nett paraat liggen för uns verehrte Herr Pastor!«

Opa befrett mi!

Pastor Eberhard Hafermann in Funnix wollte eines Tages eine Bauernfamilie besuchen. In der Wohnküche traf er jedoch nur den Großvater und dessen Enkel an, die aus einer großen Pfanne Bratkartoffeln aßen. Die beiden langten kräftig zu und waren so sehr beschäftigt, daß sie von dem Geistlichen und seinem Gruß keine Notiz nahmen. Erst nach einer Weile sah der Junge kurz auf, erblickte den Seelsorger und stöhnte mit vollen Backen:

»Pastor, help mi, Opa befrett mi!«

Kein Wunder

Johannes Immer, Pastor der Reformierten Gemeinde auf Borkum, begann eines Tages die erste Religionsstunde mit der Feststellung, er kenne zwar noch nicht die Namen der Schüler, könne aber doch ihre Herkunft ungefähr bestimmen.

»Woher kommt das wohl, und wie kann ich das?« fragte der Geistliche und wollte damit die eindeutigen Familienähnlichkeiten der Kinder ansprechen. Die Klasse schwieg ratlos und verlegen. Nur ein Junge lächelte still vor sich hin, hob den Finger und platzte schließlich heraus:

»Herr P'stor, mi schieten Se neet an – Se hebben uns doch dööpt!«

Verkehrt Verstahn

En Jung satt an d' Slootskant to raren. Dar keem de Pastor vörbi un fraagde hum fründelk:

»Jung, wat hest?«

»Och, Herr Pastor«, antwoorde de Jung, »uns Katt hett söben Jungen kreegen.«

»Dor mußt di doch freien«, meende de Pastor.

»Nee«, sä de Jung, »Vadder hett se all söben in 'n Sack stoppt un versopen.«

»Dat is leep, nu kann 'k verstahn, dat du Hartseer hest«, sä de Pastor.

»Jaa – dat harr 'k doch so heel geern sülvst daan« snückerde de Jung.

Denn Maak Wi Ok Noch 'N Pestoor

De Regen was vörbi, 'n Koppel Jungse was in de Mudder an 't Spölen, as de Pestoor derlangs keem.

He bleev stahn un fraagde:

»Na, Jungs wat maakt ji dor denn?«

»Wi bauen 'n Kark«, sä dor de een.

»Na, wenn ji 'n Kark bauen, höört d'r ja ok 'n Pestoor bi.«

»Ja«, sä de Proter un keek de Pestoor so van de Siet an: »Wi will'n seh'n, wenn wi noch wat Puttjeklei over hollen, maak wi ok noch 'n Pestoor!«

Hett de blixemse Fent dat doch wall daan?

Dat was in de Tiet vör de Eerste Weltkrieg.

De Schoolinspekter was unverwachts in de lüttje Dörpschool kamen. Dat was nett Singstünn; de Mester spöölde Vigelien und de Kinner sungen:

»Mit dem Pfeil, dem Bogen,
Durch Gebirg und Tal.«

As de Stünn to Enn was, froog de Inspekter een van de Jungse:

»Ji hebben dat Liedje ut Wilhelm Tell even so moij sungen. Weest du nu ok wall, mien Söhn, well dat Liedje maakt hett?«

De Jung verfeerde sük un sä heel benaut:

»Herr Inspekter, ik hebb 't wiß nich daan.«

Nu lagg dat Dörp halfweg ut de Welt, un dat was ok blot 's mörgens mögelk, hen un her to kamen. So harr Börgmester Poppinga de Inspekter nöögt, doch bi hum to overnachten.

Inspekter und Börgmester satten 's avends bi 'n Flesse Wien un wassen an 't Vertellen.

»Wat seggen S' darto, Poppinga. Van mörgens in d' School froog ik 'n Jung, of he wall wuß, well Wilhelm Tell maakt harr. Wat meenen Se, de Jung fung bold an to blarren un sä, dat he dat wiß neet daan harr.«

Poppinga pruusde vör Lachen. »Dat is ja 'n wunnerbaren Witz«, sä he. Dann kloppde he fründelk de Inspekter up de Schuller:

»Un darbi hett de blixemse Fent dat doch wall daan?!«

Die Drei Christlichen Feste

Die alljährliche Treibjagd in den Gräflich von Wedelschen Revieren um Schloß Gödens war früher ein Ereignis für die umliegenden Dörfer.

In der Dorfschule Dykhausen fragte einmal der Lehrer im Religionsunterricht den kleinen Nantje:

»Nenne mir die drei großen christlichen Feste!«

»Weihnachten un Ostern un — Drievjagd up 't Sloß, Mester!«

s.a. Anmerkungen

Fual Redo Fuas!

Im Sommer 1869 gruben Landarbeiter auf einem Acker in der Nähe von Groß-Midlum in der Krummhörn zwei sonderbar geformte Steine aus, die bald die Aufmerksamkeit der Altertumsforscher erregten. Beide »Findlinge« trugen Inschriften. Die eine schien zweifellos lateinischen Ursprungs zu sein:

»Suscipe plasma tuum«,
zu deutsch: (Herr), nimm Dein Geschöpf an.

Die Gelehrten deuteten den Fund als Überbleibsel eines ehemaligen Klosterfriedhofes.

Kopfzerbrechen bereitete der Spruch auf dem anderen Stein:

»Fual redo fuas!«

Das Zitat mutete zwar auch lateinisch an, ergab jedoch keinen Sinn.

Des Rätsels Lösung fand ein Primaner aus Emden. Der Junge, der auf Anraten des Gymnasialdirektors Schweckendiek mit einigen Schülern nach Groß-Midlum gewandert war, starrte die Inschrift lange an. Plötzlich feixte er und forderte seine Kameraden auf, den Spruch einmal von hinten zu lesen. Die Primaner buchstabierten überrascht:

»Sauf oder lauf!«

Die Altertumskenner zogen den logischen Schluß, dieser Stein müsse aus einer früheren Gastwirtschaft stammen.

Reihetisch und Manteltragen

Die wirtschaftliche Lage der ostfriesischen Lehrer war bis in die fünfziger Jahre des 19. Jahrhunderts alles andere als rosig.

Das magere Gehalt wurde ergänzt durch verschiedenartige Sachzuwendungen: z.B. eine zur Schule gehörende Landwirtschaft, Reihetisch und Reihewohnung. Vielfach mußte der Lehrer auch einen Nebenberuf ausüben, er war im günstigsten Fall zugleich Organist, Kantor oder Küster, es gab aber auch Pädagogen, die nebenbei ein Handwerk oder sogar eine Schankwirtschaft mit Krämerei betrieben.

So waren auch das Ansehen und die gesellschaftliche Stellung eines Lehrers gering. Es gab das Sprichwort: Wi könen ehr 'n Mester weer kriegen, as 'n Beestjung (Vieh-Hütejunge).

Der Reihetisch war die Verpflichtung der Eltern, den Lehrer täglich reihum zu beköstigen. Es war üblich, daß der Lehrer am Tag vorher dem betreffenden Schüler oder der Schülerin Bescheid gab, daß er am nächsten Tag zum Essen komme. Das wurde natürlich zuweilen vergessen.

In Warsingsfehn waren um 1837 einmal Lehrer und Schulgehilfe zum Essen in ein Haus am äußersten Ende des Fehns gekommen. Die Hausfrau stand vor der Tür und sagte:

»O! Dor sünd *Ji*, Mesters? Dor hett de blixem Jung mi nix van seggt. Man wacht man, rökelt Ji man al dat Füür up! Ik will gau over 't Moor lopen un halen Mehl. Denn back ik Jo Pannkook!«

Hier und da bemühte man sich zwar, dem Lehrer ein besonders schmackhaftes Essen vorzusetzen. Der Reihetisch verstärkte jedoch die Abhängigkeit des Lehrers von den Eltern, er diente auch dazu, Lehrer gefügig zu machen oder zu strafen. So setzte man noch um 1845 einem Lehrer 35 Tage hintereinander Steckrüben vor, da er um eine Gehaltszulage gebeten hatte.

Häufig kam der Lehrer auch in ein Haus, in dem es so unsauber aussah, daß er die Hausfrau bitten mußte, Tisch und Geschirr zu reinigen; manchmal tat er es auch selbst, während die Frau das Essen kochte.

Anfang des 19. Jahrhunderts war Jan Gehrs Lehrer in einem Dorf bei Wittmund. Eines Tages fand er sich zum Mittagstisch bei einer älteren Frau ein. Sie war gerade dabei, »Insett Bohnen« (Schnippelbohnen und Kartoffeln) gründlich zu stampfen und durcheinander zu rühren. Aus dem Stall nebenan kam ein Schwein in die Küche und schnüffelte am Topf. Die Alte nahm den eisernen »Schleef« und gab dem Borstentier einen heftigen Klaps auf das schmutzverkrustete Hinterteil. Dann rührte sie unverdrossen weiter.

Gehrs litt — wie er seiner Gastgeberin versicherte — augenblicks unter heftigen Zahnschmerzen; leider sei es ihm nicht möglich, das appetitliche Bohnengericht auch nur zu kosten.

Prediger sahen Schullehrer »zumeist als untergebene Knechte an«.

So gehörte es zu den Aufgaben eines Lehrers, der zugleich auch Küster war, dem Geistlichen den Mantel und kirchliche Geräte »nachzutragen«, wenn eine Amtshandlung in einem Privathaus auszuüben war.

Dabei geschah es nicht selten, daß der Lehrer zu Fuß ging, der Prediger dagegen ritt oder fuhr.

An einem kalten Wintertage um 1800 mußte der Heseler Lehrer Mayer den Prediger Ditzen zu einem 1 ¹/₄ Stunden entfernt wohnenden Kranken begleiten.

Innerlich uneins schritten die beiden Amtspersonen im Schneegestöber dahin. Nach einer Weile hängte sich der Lehrer den warmen, weiten Mantel des Predigers um. Der Pastor erhob Einspruch, aber Mayer bestand darauf, den Mantel so zu tragen: die Art und Weise des Tragens sei nicht gesetzlich festgelegt.

Der Prediger soll zwar später die Obrigkeit angerufen, aber nichts erreicht haben; der Lehrer mußte jedoch fortan keine Tragedienste mehr leisten.

Haltet die Feder trocken

Um die Mitte des vorigen Jahrhunderts war mancher einfache Landbewohner noch nicht allzu vertraut mit Lesen und Schreiben. Aber auch aufgrund schlechter Erfahrungen war man mißtrauisch gegenüber schriftlichen Vereinbarungen. Das einmal gegebene Wort galt als unverbrüchlich. Das zeigt folgende Begebenheit:

Einer der ersten Lehrer (ca. 1835 - 1837) der 1822 gegründeten Schule in Wiesederfehn war der weit über Ostfriesland hinaus bekannte Pädagoge und Schriftsteller Hinrich Janssen Sundermann (1815-1874). Er wollte den ihm verhaßten Reihetisch ablösen und sich dafür eine äußerst geringe Abfindungspauschale schriftlich zusichern lassen. Darauf warnte ein älterer Moorhahntje die dazu bereitwilligen Kolonisten:

»Jungs, hollt jo Penn' dröög!«

Daraufhin blieb der Reihetisch erhalten.

Wenn de Mester nich mit verbrannt, dann helpt dat all nix, sä de Jung, do harr he de School in Brand stoken.

Das Ostfriesische Alphabet

Im 19. Jahrhundert brachte man den Schulanfängern das ABC auf eine originelle Weise bei.

Um den Kindern eine Gedächtnisstütze zu geben, wurden die einzelnen Buchstaben in Bilder aus dem Alltag umgesetzt. Das »ostfriesische Alphabet« ist von mehreren Gewährsleuten aus verschiedenen Landesteilen fast übereinstimmend überliefert. Vermutlich wurden die Lehrer bereits auf dem Seminar mit dieser Unterrichtsmethode vertraut gemacht.

Der Lehrer fragte:	Die Schüler mußten antworten:
Wo heet de erste van all?	a
Wo heet denn wall a sien Bröörke?	b
Wo heet dat halve Maantje?	c
Wo heet denn c sien Düttje (Schwester)?	d
Wo heet dat Oogske (Auge)?	e
Wo heet dann de Schövel (Schlittschuh)?	f
Wo heet Grootmoders Brille?	g
Wo heet de Heifórk?	h
Wo heet dat lüttje Jungske mit de Pool (Mütz) up?	i
Wo heet dat grote Jungske mit de Pool up?	j
Wo heet de Kruuskopp (Krauskopf)?	k
Wo heet de Pullstock (Springstock)?	l
Wo heet de Dreebeen?	m
Wo heet de Tweebeen?	n
Wo heet de runde Hopel (Reif)?	o
Wo heet de Dickkopp?	p
Wo heet de umdreihde Dickkopp? (auch: Wo heet Pack up Nacke?)	q
Wo heet dat annerthalv Footje? (1 1/2 Fuß)	r

Wo heet dat Slangske (Schlange)?	s
Wo heet dat, wat wi 's namiddags drinken?	t
Wo heet dat Pottje?	u
Wo heet dat Dreehook (Dreieck)?	v
Wo heet dat dübbelde Dreehook?	w
Wo heet dat Krüüzke (Kreuz)?	x
Wo heten de beiden Jungs mit de Pool up?	ij (y)
Un wo heet dat Trappentje (Treppe)?	z

s.a. Anmerkungen

Eine peinliche Verwechslung

Bei der Inspektion einer ländlichen Fortbildungsschule begleitete ein Regierungsassessor den Schulrat. Der etwas kurzsichtige Assessor entdeckte in der dunklen Ecke ein Bild, das er für eine Darstellung aus dem Leben Martin Luthers hielt. Als der Lehrer ihn gegen Ende des Unterrichts aufforderte, selbst noch einige Fragen an die Schüler zu richten, wollte der Assessor etwas über die Bedeutung dieses Bildes wissen. Doch die Schüler blieben eine Antwort schuldig. So setzte der Beamte selbst zu einer längeren Erläuterung an. Die Darstellung, sagte er, zeige Luther auf dem Reichstag in Worms. Ihm wurde nicht widersprochen.

Erst auf der Rückfahrt empfahl der Schulrat dem Assessor, Bilder doch künftig sorgfältiger anzusehen. Bei dem Wandschmuck habe es sich nicht um Luther und den Wormser Reichstag, sondern um ein Foto des Gemeinderates aus der vorherigen Wahlperiode gehandelt.

Elk deit wat, sä de Jung, mien Vader sleiht mien Moder, mien Moder sleiht mi, un ik slaa de Biggen.

Die Orgelprobe

In einem Dorf bei Aurich sollte der Schulamtsbewerber ein Probespiel auf der Orgel geben. Der Kandidat begann nicht, wie es in dieser Gemeinde üblich war, direkt mit dem Choral, sondern spielte ein längeres Präludium. Daraufhin bemerkte ein Mitglied des Kirchenrates:

»Dat is keen Mester as uns oll Mester-Ohm was — de kunn glieks de Sang spölen — man disse Kerl mutt erst 'n heel Sett de richtige Ton söken!«

Zusammenarbeit

»Vandaag hebben wi moij Musik maakt!« sagte einmal ein Bälgetreter zum Organisten, als sie nach dem Gottesdienst gemeinsam die Kirche verließen.

Ähnlich äußerte sich im vorigen Jahrhundert ein Auricher Hausmeister, der von seiner eigenen Bedeutung nicht minder überzeugt war und den Direktor fragte:

»Herr Derrektor, wannehr wollen wir denn die Jungens Ferien geben?«

Spatzen unter der Mütze

Johann Addens, Lehrer in Weener († 1861), unterrichtete bevorzugt in Plattdeutsch.

Seine Gutmütigkeit reizte die Schüler zu kleinen Provokationen. So nahmen sie häufig in der Schule die Kopfbedeckung nicht ab und warteten nur auf seine Frage:

»Hest du Lüüntjes unner de Pool?«

Eines Tages behielt wieder ein Schüler beim Betreten der Schule seine Mütze auf dem Kopf.

Auf Addens' Frage:

»He dar, du dicke Keerl, hest du Lüüntjes unner de Pool?« kam die prompte Antwort:

»Jawall, Mester, kiek, dar gahn se hen!«

Und eine ganze Schar Sperlinge flatterte in der Schule herum.

Kindersegen

Dr. Benno Eide Siebs, Landrat des 1932 aufgelösten Kreises Weener, besuchte in den zwanziger Jahren das älteste Ehepaar des Rheiderlandes aus Anlaß der Eisernen Hochzeit und überbrachte eine Ehrentasse im Auftrage des Reichspräsidenten Hindenburg. Um in die gute Stube zu gelangen, mußte der hohe Gast einen großen Raum durchqueren, in dem an langen, gedeckten Tischen eine schier unübersehbare Zahl von Kindern saß. Siebs sprach seine Glückwünsche aus und meinte dann, es sei doch schön, daß auch sämtliche Schulkinder zur Gratulation erschienen seien.

»Nee, nee, Herr Landrat«, wehrte der Jubilar ab, »dat is neet de School, dat sünd all uns Enkel- un Urenkelkinner!«

Links ab nach Deutschland

Ufke Cremer (1887 — 1958) war von 1918 bis 1947 Studienrat am Norder Ulrichs-Gymnasium und zugleich ein leidenschaftlicher Heimatforscher. Die Stadt Norden verdankt ihm wesentliche Erkenntnisse aus ihrer über 700jährigen Geschichte. Seine Begeisterung für Ostfriesland und Ostfriesisches spiegelte sich auch im Unterricht und kannte häufig keine Grenzen. Dabei führte Cremer jedoch eine bestimmte Grenze seinen Schülern immer wieder deutlich vor Augen:

Bei der Beschreibung der Heimat vor der unvermeidlichen Wildvang'schen Wandkarte von Ostfriesland verweilte er stets einen Augenblick bei dem Ort Hesel (Kreis Leer) und meinte ironisch, hier gehe es links ab nach Deutschland.

Die Feststellung des bewußten Ostfriesen bezog sich auf die Tatsache, daß an der Straße von Aurich nach Leer in Hesel die Abzweigung nach Oldenburg beginnt.

Nebenbei: Als »Düütsders« galten früher im Lande alle hochdeutsch sprechenden Nicht-Ostfriesen; auch heute wird der Ausdruck noch verwendet, jedoch vorwiegend scherzhaft.

s.a. Anmerkungen

Die einfachste Lösung

Ein Oberstudienrat, der bisher in Aurich zur Miete gewohnt hatte, kaufte ein Haus und sah mit Sorgen dem Umzug entgegen. Unverhofft stellte sich ein bekannter Bauer ein und erbot sich, beim Transport zu helfen. Die Möbel waren bald verfrachtet, das Einpacken der umfangreichen Bibliothek war jedoch umständlicher. Die vielen Bücher sollten nach einem komplizierten System vorsichtig in Kisten verstaut werden. Dafür hatte der Landmann wenig Verständnis. Als ihm der Pädagoge zum wiederholten Male erklärte, weshalb er die Bände nicht durcheinander bringen dürfe, verlor der Bauer die Geduld. Mißmutig kratzte er sich am Kopf, wußte dann aber Rat:

»Weten Se wat, Doktor? De Boken dor hebben Se ja nu all leest, un wat der in steiht, weten Se ut Kopp. Worum willen wi uns dor noch so en Verdreet mit maken? Wi packen de nu glieks all mit'nanner in 't Auto un fohren dormit na Wiesens up de Kanalbrügg, un dor smieten wi se eenfach in 't Water!«

Hoch- und Plattdeutsch

Um 1840 fragte ein Dorfschullehrer einen Schüler:

»Kannst Du mir wohl sagen, wo die Themse liegt?«

Der Junge antwortete:

»Fast immer bei unserer Hintertür. Meine Mutter hat unserer Magd schon einige Male gesagt, sie müsse es an eine bessere Stelle hängen.«

Der Junge kannte nur das plattdeutsche Wort »Teems(e)« in der Bedeutung: Milch-, Haarsieb.

Dat was um 1900 in de unnerst' Klass van en School in 't Rheiderland. Lüttje Hinnerk sull vertellen, wat he an en düstern Winterabend beleev, as he sük verlopen harr. He kreeg de Woorden der man wat stuur rut. Upletzt wull de Mester ok noch weten, wo denn dat Spillwark utgahn weer. Hinnerk hool en deepen Sücht un sä:

»Da kam mir einer mit dem Scheinfaß ins Gemüt!«

Junge, wat hebben de Mester un ok de anner Kinner gnifflacht — un dorbi harr Hinnerk doch blot seggen wullt, dat sien Vader hum mit de Schienfatt tomööt kamen weer.

In 't Nörderland heten lüttje Jungens ok »naare« Jungens. An en Vörmiddag — School was noch neet ut — truff de Mesterfro een van den »Naaren« ut de unnerst Klass up de Straat un sä:

»Wo willst Du denn hin, mein Kind?«

»Wir Narren haben Pause!« sä de Jung.

Muttermilch

Vor nicht allzu langer Zeit war es selbstverständlich, daß Mütter Neugeborene stillten. Manchen Kindern mundete die Muttermilch selbst dann noch, wenn sie längst über das Babyalter hinaus waren.

Man erzählt von einem Schulanfänger, daß die Mutter ihm täglich in der Pause noch die Brust geben mußte. Als sie sich einmal verspätete, stürmte der Junge über den Schulhof auf sie zu und brüllte lauthals:

»Satan, geev mi de Titt!«

Im überfüllten Abteil der Kleinbahn Leer-Aurich-Wittmund knöpfte eine Mutter ungeniert ihre Bluse auf und gab dem Jüngsten die Brust. Voller Verlangen sah der sechsjährige Bruder zu und bettelte so lange, bis die Frau nachgab. Da betrat der Schaffner das Abteil. Der Kleine zierte sich.

»Wullt du nu of wullt du neet!«, drängte die Mutter, »anners kriggt de Unkel hum!«

s.a. Anmerkungen

Moder, wat is de Welt doch groot, sä de Jung, do kweem he achter de Kohltuun.

Achter Moders Neers is good wohnen, 't grummelt wall mal, man 't sleiht neet in.

Nüms slaa sien Kinner doot, well weet, wat d'r noch ut worden kann.

Von Ärzten und Patienten

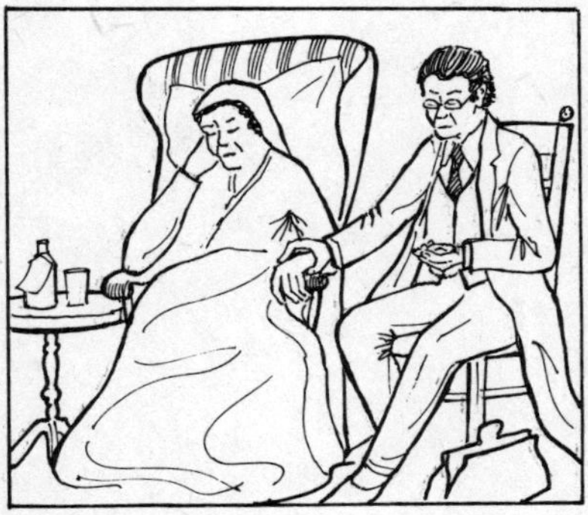

Friedrich Theodor von Frerichs

Friedrich Theodor von Frerichs (* 1819 Aurich, † 1885 Berlin) war ein bedeutender Kliniker und Pathologe; sein Wirkungskreis als praktischer Arzt reichte weit über die Grenzen Deutschlands hinaus.

Er war Professor, bekleidete mehrere öffentliche Ämter im Gesundheitswesen und verfaßte eine Reihe von Aufsätzen und Büchern zur Medizin, u.a. sein Hauptwerk »Klinik der Leberkrankheiten«. Seit 1859 Direktor der medizinischen Klinik in der Berliner Charité, wurde er 1883 zum Wirklichen Geheimen Obermedizinalrat ernannt und 1884 vom deutschen Kaiser in den erblichen Adelsstand erhoben.

Bei einem Mittagessen nahm eine Tischnachbarin die günstige Gelegenheit wahr, dem berühmten Kliniker ihre zahlreichen Krankheitssymptome zu schildern und fragte schließlich:

»Was raten Sie mir da zu tun, Herr Geheimrat?«

Frerichs erwiderte trocken:

»Ich rate Ihnen, sich an einen tüchtigen Arzt zu wenden.«

Frerichs war außerordentlich zynisch. Auf die Frage eines Todkranken: »Herr Professor, ich werde doch wieder gesund?« erwiderte er: »Jawohl, mein lieber Mann, ganz gesund!« und wandte sich im gleichen Atemzug an seinen Assistenten: »Nicht wahr, Herr Kollege, Sie heben mir das Sektionsprotokoll auf?«

An bestimmten Tagen kürzte Frerichs die Konsultationen in der Sprechstunde weitgehend ab und beschränkte seine Verordnungen auf ein Minimum. So informierte manchmal ein bereits behandelter Stammpatient den nächsten: »Heute ist Marienbad dran!«

Frerichs stand bei vielen Kollegen in dem Ruf, er könne zwar diagnostizieren, aber nicht kurieren. Vor allem spottete man, Frerichs verordne gewisse Mittel, vor allem Belladonna, zu unterschiedslos. Als ein Patient, ein lebenslustiger Schauspieler, der zahlreiche Verehrerinnen hatte, starb, ging das Gerücht um, Frerichs habe ihm zu große Gaben Belladonna verordnet.

Frerichs hörte davon und erklärte eines Tages im Kolleg: »Der Herr ist nicht an Belladonna, sondern an der Donna Bella gestorben.«

Frerichs ging einmal mit einem Kollegen die Berliner Friedrichstraße hinauf.

An einer Ecke betrat er einen Tabakladen, kam mit einer kleinen Tüte Schnupftabak heraus, nahm eine Prise und warf die Tüte fort. Kaum zehn Schritte weiter trat er in einen zweiten Laden, kaufte wieder Schnupftabak und warf wiederum die Tüte weg. Das Spiel wiederholte sich im Laufe einer Viertelstunde noch einmal. Sein Begleiter fragte verwundert, warum er denn nicht eine Schnupftabaksdose mit sich führe.

»Ich? Niemals!« erwiderte der Professor mit tiefer Überzeugung in Blick und Stimme, »denn dann würde ich mir wahrscheinlich das Schnupfen angewöhnen.«

Als Frerichs in vorgerücktem Alter noch einmal heiraten wollte, hielt er um die Hand seiner Haushälterin mit den Worten an:

»Mein Fräulein, darf ich Sie fragen: Wollen Sie meine Witwe werden?«

De Swarte Foot

Dor kweem mal en olt Frominsk bi de Dokter un sä, se harr en slimmen Foot, of he hör de woll kureer'n kunn.

»Trecken S' man Schoh un Strümp ut, dat ik mi dat ins bekiek!« sä de Doktor.

Man dor kweem en Foot vandag, de weer so swart as de Root in en Schöstien.

»Se is ja 'n recht olt Swien!« reep de Doktor, »wo mag Se mi woll so 'n fulen Foot wiesen? Schaamt Se sük neet?«

»Maak He man nich so 'n Skandal«, sä dat Minsk, »in Sien Huus mag noch woll en völ swarter Foot wesen as disse!«

»Wenn dat so is«, sä de Doktor, »denn will ik Hör de leep Foot umsünst kureer'n.«

Dat Minske truck Schoh un Strümp ok van de anner Foot un hull hum de in de Mööt:

»Wat seggt He nu?«

De Doktor stunn in Gedanken:

»Wenn Se *de* meent, hett Se recht: De is noch teinmal slimmer! Ik stah man un sinneer, wo dat togahn mag, dat de anner nich ok so swart is?«

»Och du mien Tiet«, lach dat Wiev, »dor bruukt He nich lang to simeleern: De much ik hum so nich wiesen, de hebb ik eerst — wuschen!«

Wat För De Büx !

Doppeltes Pech hatte ein schwergewichtiger Landarzt, der in der Nähe von Aurich Patienten besuchte. Als er in Moordorf wieder in den Wagen steigen wollte, stellte er fest, daß aus einem Reifen die Luft entwichen war.

»Selbst ist der Mann«, sagte sich der Arzt und setzte den Wagenheber an. Doch beim Bücken platzte ihm die Hosennaht.

Nach dem Radwechsel ging er in ein nahegelegenes Haus und bat die Hausfrau, die Hose provisorisch zu nähen.

Der Mediziner wollte sich erkenntlich zeigen, hatte jedoch zu allem Unglück kein Portemonaie bei sich. Er versprach jedoch, beim nächsten Besuch in Moordorf den verdienten Lohn hereinzureichen — sollte er's vergessen, möge sie ihn »man driest« daran erinnern.

Eine Woche danach fuhr der Arzt wieder durch den Ort. Die Frau sah ihn, riß das Fenster auf und rief ihm nach:

»Herr Doktor, Herr Doktor, ik krieg noch wat för de Büx!«

DOKTOR GEYKEN

Dr. med. Johann Geyken (1884 - 1972) war eine der bekanntesten Persönlichkeiten des alten Geestdorfes Loga (seit 1968 Ortsteil der Stadt Leer). Bei seinen Patienten war er beliebt, scheute dabei aber vor einem offenen, manchmal barschen Wort nicht zurück.

Einmal wurde der Doktor an das Bett eines todkranken Mannes gerufen. Als die Ehefrau ihn fragte, wie es denn stehe, meinte der Arzt, daß er wohl nicht mehr sehr viel tun könne. »Dann können wir bloß noch für ihn beten«, sagte die Frau. »Ja«, antwortete der Doktor, »das tun Sie dann man auch!« Geyken ging, aber als er die Gartenpforte erreicht hatte, riß die Frau ein Fenster auf und schrie ihm nach: »Du sullst sülvst man ok mehr beden!«

Nachwuchs wurde erwartet. Als Geyken kam, lag die Frau stöhnend im Bett. Ihr von Statur sehr kleiner Mann saß wartend in einer Ecke. Als die Geburt bevorstand, meinte der Arzt: »So, dann wollen wir den kleinen Kerl man eben herausbringen!« Darauf erwiderte die Frau erschrocken: »Herr Doktor, *de* laten Se man hier, dat is doch mien Mann!«

Bei einer anderen Geburt waren die Schmerzensschreie einer Erstgebärenden kaum noch zu ertragen. Auf die Frage des Mannes, ob der Doktor nicht helfen könne, erwiderte Geyken lakonisch: »Dat is immer so. Rin geiht 't lichter as rut!«

Als bei einer weiteren Entbindung das Kind bereits zur Welt gebracht war, spähte der Vater vorsichtig durch die Tür. Daraufhin meinte der Arzt: »Wacht man, kummt noch een!« Erschrocken rief der unversehens zweifache Vater: »Dann holl 'k hum d'r van dör!« (Dann haue ich ab).

Ein älteres Ehepaar erwartete nach langer kinderloser Ehe doch noch Zuwachs. Die Aufregung war groß, und die Geburt gestaltete sich langwierig. Nach einer Zeit konnte sich die künftige Großmutter nicht länger zurückhalten. Sie sah immer wieder in das Gebärzimmer und fragte: »Is d'r all?«, und jedesmal erhielt sie zur Antwort: »Nee, 't is noch nich sowiet.« Nach einer Zeitlang gab sie es auf.

Sie rief ihren Mann, und es entspann sich folgender Dialog:

»Vader!« — »Ja, wat is denn?« — »Slaa 't Gebeetbook open!« — »Wat sa 'k denn beden?« — »Ein Gebet in schweren Zeiten.«

Das Gebet muß geholfen haben, denn kurz darauf wurde die Mutter von einem gesunden Kind entbunden.

s.a. Anmerkungen

Die Brillen-Sammlung

Ein Wohltätigkeitsverein rief dazu auf, ausgediente Lesebrillen für Bedürftige in der Dritten Welt zu spenden. Ein Arzt, selbst Vereinsmitglied und einer der Initiatoren der Aktion, hielt bei seinen Hausbesuchen fleißig Ausschau nach geeigneten Objekten und trug somit wesentlich zum Erfolg der Sammlung bei.

Bei einem betagten Bauern, dessen Frau krank im Bett lag, wurde der Doktor besonders fündig. Der Ehemann suchte ein rundes Dutzend Brillen beisammen, die das Paar im Laufe seines Lebens getragen und aufbewahrt hatte.

Als der Arzt nach einigen Tagen erneut kam, fing ihn der Bauer bereits an der Tür ab und beschwor ihn verzweifelt, die Brillen unverzüglich zurückzubringen, denn seine Frau sei nicht mehr zu beruhigen.

»Nu mutt ik starben, seggt se, de Doktor sammelt mien Brillen in.«

EINGENÄHT

Vor allem auf dem Lande schützten sich alte Ostfriesinnen früher manchmal besonders wirksam gegen die Kälte. So wurde einem Amtsarzt, der bei einer Untersuchung eine ältere Frau aufforderte, sich »freizumachen«, die verblüffende Antwort zuteil:

»Dat geiht neet — ik bün al inneiht!«

Bis vor wenigen Jahrzehnten war es auch noch zuweilen üblich, Kinder bei Winterbeginn »einzunähen«.

Die schon recht betagte Frau eines Schiffers aus Marienheil, die sich hatte einnähen lassen, klagte plötzlich über anhaltende Rückenschmerzen.

Ein Heilpraktiker aus Leer wurde gerufen, konnte aber keine Diagnose stellen, ohne den Herd der Beschwerden zu sehen. Die Patientin und ihre Familie weigerten sich jedoch beharrlich:

»Dat Tüüg blifft sitten. Dat geiht nich, midden in d' Winter; anners geiht uns Oma doot!«

Schließlich fand man sich doch bereit, den Rücken der Frau zu entblößen. Als Quelle des Übels entdeckte der Heilpraktiker zur allgemeinen Überraschung eine skelettierte Maus: nur noch Knochen und Fell waren erhalten.

Am wenigsten verwundert zeigte sich die Greisin; sie gab gleich eine einleuchtende Erklärung:

»De mutt mi wall bi 't Pissen rinlopen wesen.«

s.a. Anmerkungen

Antje Gerdes

»Knakenbreker«, Knochenbrecher, nennt man hierzulande Frauen und Männer, die eine natürliche, manchmal durch Generationen vererbte Begabung besitzen, ausgerenkte Glieder und Gelenke von Menschen und Tieren wieder in die richtige Lage zu bringen.

Ostfriesland ist wohl die einzige Region Deutschlands, in der die Kunst des Knochenbrechens bis heute weit verbreitet und volkstümlich geblieben ist, so daß man mit einer gewissen Berechtigung von einer ostfriesischen Besonderheit sprechen kann.

Eine der bekanntesten Knochenbrecherinnen der neueren Zeit war Antje Gerdes aus Aurich.

Über sie erzählt man eine Reihe von Geschichten, die offensichtlich weitgehend erfunden und vermutlich auch teilweise von ihren Gegnern in Umlauf gebracht wurden.

Antje Gerdes wurde von einem Arzt wegen unerlaubter Ausübung des Heilberufs verklagt.

Dem Richter fiel ein Urteil sichtlich schwer.

Daraufhin machte Antje Gerdes einen salomonischen Vorschlag:

»Herr Richter, leggen Se 'n Minskenhaar tüschen twee Zeitungsbladen, un wachten Se of, well van uns beiden dat Haar dör 't Papier föhlen kann.«

So geschah's, die sensiblen Hände der Knochenbrecherin ertasteten sofort das Haar, der Mediziner zog den kürzeren, und Antje Gerdes wurde freigesprochen.

Bei einer anderen Gerichtsverhandlung brachte die Knochenbrecherin eine Maus mit in den Gerichtssaal.

Mit Zustimmung des Richters renkte sie dem Tier die Beine aus, so daß es nicht mehr laufen konnte. Dann renkte sie geschickt die Gliedmaßen wieder ein, und die Maus sprang eilends davon.

Ein wenig »lögenhaft« mutet der Bericht eines Landwirtes aus Hüllenerfehn an, der im Dritten Reich für die Reichsärztekammer protokolliert wurde und hier in gestraffter Form folgt:

Durch einen Unfall war die rechte Schulter des Bauern ausgerenkt. Er suchte daraufhin Antje Gerdes auf. Die Knochenbrecherin rief etwa dreizehn Männer aus der Nachbarschaft zusammen und ließ den Patienten auf einem Stuhl Platz nehmen. Ein Helfer faßte den Bauern um den Leib, zwei bis drei weitere zogen an seiner linken Seite, die übrigen an seinem rechten Arm.

Daraufhin sprang Frau Gerdes zwei- bis dreimal auf seine rechte Schulter, wobei der hölzerne Stuhl jedesmal von der Wucht des Ziehens und Springens entzweibrach.

Die Prozedur mußte nach zwei bis drei Stunden erfolglos abgebrochen werden.

Am folgenden Tag wiederholte die Knochenbrecherin ihren Versuch in Hüllenerfehn.

Wiederum wurde etwa ein Dutzend Leute zu Hilfe gerufen, der entfernteste mußte sich in ein eigens im Garten gegrabenes Loch stellen, um Halt zu finden. Die Prozedur wurde nun wiederholt:

Die Helfer zogen nach beiden Seiten, und Frau Gerdes sprang abermals auf die ausgerenkte Schulter.

Aber auch dieser Versuch mißlang.

Daraufhin verzichtete der Patient auf weitere Behandlungen, angeblich vor allem aus Furcht, die zerbrochenen Stühle bezahlen zu müssen. Er konsultierte einen bekannten Auricher Arzt, der sofort und mühelos die Schulter einrenkte.

s.a. Anmerkungen

Kopp kolt, Foten warm, Poort open, dann bruukt ji neet na de Dokter lopen.

Von der Kirche und ihren Dienern

Prügel für den Bischof

Lange Zeit beherrschte die spätromanische Andreaskirche mit ihrem über 40 Meter hohen Westturm und zwei kleineren Osttürmen das Stadtbild von Norden. Der erste Bauabschnitt nördlich von dem bereits damals bestehenden Langhaus der heutigen Ludgerikirche wurde 1288 abgeschlossen. Aber erst 26 Jahre später konnte der Bau vollendet werden. Am 3. Mai 1314 weihte der Erzbischof Johann von Bremen das neue Gotteshaus ein.

Der Kirchenfürst stand nicht in gutem Ansehen; er galt als weltlich, geizig und streitsüchtig.

So soll er sich auch den Nordern gezeigt haben. Unter dem Pseudonym Frerk van Harslo erzählt Friedrich Sundermann in seiner Geschichten-Sammlung »In d Hörn bi 't Für« von einem ungewöhnlichen Zwischenfall:

Vor der Rückreise nach Bremen hielt der Bischof bei einem Schmied an, um sein Roß beschlagen zu lassen. Als der Meister das Werk vollendet hatte, wollte der Bremer eilends davonreiten.

»Herr Bischof, erst betahlen!« sagte der Schmied.

»Dat geiht för Karkenreken!« entgegnete der Würdenträger.

»Dat sünd mien Saken nich, ik holl mi an Jo!« beharrte der Ostfriese.

»Ik will 't inlangen, wenn ik weer vörbi kaam!« antwortete der Bischof ungehalten und stieg aufs Pferd.

Doch der Schmied hielt das Tier am Zügel fest.

»Erst heet dat hier van betahlen!«

»Hund van Keerl! Laat mien Peerd löß of ik vergriep mi an di!« drohte der Kirchenfürst und griff zur Peitsche.

In diesem Augenblick zwängte sich die resolute Frau des Meisters durch die Volksmenge, die inzwischen das Spektakel feixend verfolgte. Sie war mit einer Eisenstange bewaffnet.

»Mann, wat will de Kerl mit di? Ik will doch sehn, wat ik mit so 'n Landstrieker un Leev-Heergotts-Muusfanger to doon hebb!«

«Juhu!« brüllte das Volk und spornte die Frau an, die schon manchen stolzen Reiter zurechtgewiesen hatte.

Nun geriet der Bischof erst recht in Wut. Er verfluchte alle Schmiedemeister und die ganze Stadt Norden und wollte die Frau niederreiten.

»Gah hen un melk de Höhner!« schrie das Weib, schwang beherzt die Stange, schlug den Reiter aus dem Sattel und verabreichte ihm eine gehörige Tracht Prügel.

Die Norder Obrigkeit hielt zu ihren Bürgern. Da man die Rache des Kirchenmannes fürchtete, wurde er so lange festgehalten, bis er feierlich gelobt hatte, auf jegliche Vergeltung zu verzichten. Er hielt seinen Schwur, kam aber nie wieder nach Norden.

Den Kirchturm in Wein aufgelöst

Im Jahre 1411 brachte ein Orkan die weithin sichtbare, kegelförmige Spitze des mächtigen Westturms der Norder Andreaskirche zum Einsturz. Sie wurde zwar wieder aufgebaut, aber als Junker Balthasar von Esens im Jahre 1531 während eines Raubzuges die Kirche in Brand setzen ließ, blieben nur das Gemäuer des großen Turms und die beiden Osttürme stehen. Damit verlor die Schiffahrt in der Osterems das älteste nachgewiesene Seezeichen an der ostfriesischen Küste. Wie der Auricher Stadtprediger und Geschichtsschreiber Christian Funck (1659 - 1729) berichtet, habe man die Landmarke »bis an den Mund der Elbe sehen können.«

Alle Bemühungen, die Ruine des Hauptturms zu restaurieren und den allmählichen Verfall des übrigen Kirchengebäudes aufzuhalten, scheiterten offensichtlich am fehlenden Geld. Einer der beiden Osttürme, die einst auf Kosten von zwei angesehenen Jungfrauen gebaut und deshalb »Muhmen« (Tanten) genannt wurden, stürzte am 17. Dezember 1622 ein. Er wurde wiederhergestellt, jedoch endgültig 1701, der zweite Turm schließlich 1755 abgebrochen.

Spott und Hohn mußten der Norder Magistrat und die Kirchenverwalter über sich ergehen lassen, als sie Anfang Mai 1721 trotz landesherrlichen Verbots den Westturm abreißen ließen. Sie meinten, die Bausteine vorteilhaft verkaufen zu können, obwohl am Ende der kalkulierte Gewinn ausblieb. Fürst Georg Albrecht hingegen wollte das Wahrzeichen als »Antiquität« erhalten wissen. Im Verlauf eines langwierigen Prozesses um den unerlaubten Abriß behaupteten böse Zungen, der Magistrat habe den Verkauf der Abbruchsteine zu seinem eigenen Vorteil genutzt. »De hoge Toorn is an 't Wienhuus vörbilopen!« hieß es. Man meinte, die Stadtväter hätten den Erlös im benachbarten Weinhaus verzehrt.

Der ostfriesische Geschichtsschreiber Wiarda zog einen Vergleich mit der Königin Cleopatra, die eine kostbare Perle in Essig auflösen ließ und sie dann verspeiste. »Warum«, so fragte Wiarda spöttisch, »sollte denn der Magistrat nicht befugt gewesen sein, den minder kostbaren Stadtturm in Branntwein und Wein auflösen zu lassen?«

Erst als 1941 die lange verschollenen Turm-Akten aufgefunden wurden, stellte man fest, daß die alten Abrechnungen auf Heller und Pfennig stimmten. So ist die Ehre des damaligen Norder Magistrats spät wiederhergestellt worden.

Nächstenliebe

Im Jahre 1500 sandte der Abt des Klosters Thedinga bei Nüttermoor einen seiner Mönche, Herrn Eggo, mit einem Auftrag zur Friedeburg. Bei seiner Rückreise nahm der Mönch ein Stück Tuch für eine neue Kutte mit. Bei Brockzetel begegneten ihm einige Landsknechte.

Der eine fragte ihn nach dem Woher und Wohin und wem das Tuch gehöre, an dem er so schwer zu tragen habe. Herr Eggo erwiderte: »Dat höört uns to.«

Daraufhin entgegnete der Landsknecht:

»Höört dat Laken uns to, so höört dat mi mit to. Ji mutten nu as' n Brör Jo Leev an uns bewiesen!«, nahm das Tuch und schnitt es in zwei gleiche Teile. Herr Eggo machte gute Miene dazu, denn er sah ein, daß er sich ungeschickt ausgedrückt hatte. Da er aber die Leinwand gern zurück haben wollte, sagte er:

»De Heer word dat to siener Tiet wall richten un vergellen!«

Als der Landsknecht das hörte, antwortete er:

»Ja, wenn ik so lang Tiet hebb, dann langt mi man de anner Hälft' darto«, nahm auch das restliche Tuch und dankte Herrn Eggo für die erwiesene Nächstenliebe, die er ihm gern, wenn er dermaleinst mehr besitze, brüderlich wiedervergelten wolle. Damit zogen die Landsknechte ihres Weges. Herr Eggo setzte seine Reise zum Kloster Thedinga fort und erzählte allen, die er traf und schließlich auch dem Abt, wie schändlich es ihm unterwegs ergangen war.

Die Macht des Schinkens

Als Graf Enno II zu Beginn des 16. Jahrhunderts die ostfriesischen Klöster in Besitz nahm, war die strenge Klosterzucht im Gefolge der Reformation schon weitgehend gelockert. Viele Mönche beteiligten sich nicht an den Messen und brachen die Fasten und das Keuschheitsgelübde. So war es auch im Zisterzienserkloster Ihlow.

Der Abt Antonius van Senden, innerlich bereits ein Anhänger der neuen Lehre, sann auf Mittel und Wege, den Konvent ruhig und friedlich aufzulösen.

Eines Tages in den Fasten gab er dem verwunderten Bruder Küchenmeister den Auftrag, zwei ganze Schinken zu braten und kurz vor Beginn des Vespergottesdienstes in die Kirche tragen zu lassen.

Die Klosterbrüder, durch den ungewöhnlichen Bratenduft angelockt, waren diesmal vollzählig erschienen und blickten unsicher auf den Abt, der seine Augen ruhig über sie schweifen ließ und rief:

»Um aller Hillgen willen!
Twee braden Swienebillen
könen mehr Paters locken
as de Köster mit all sien Klocken.«

Dann sagte er, die Auflösungsstunde des Klosters sei gekommen, wem gleich ihm das Licht des Evangeliums aufgegangen sei, möge dessen Zeuge werden.

Die Fasten sollten gebrochen werden. Der Schinken wurde in das Refektorium getragen, und alle ließen es sich wohl sein. Die meisten Mönche freuten sich, einige blieben still und in sich gekehrt.

Abt Antonius, der die evangelische Pfarrstelle in Larrelt erhielt, verließ das Kloster als erster und verstieß damit, wie der Chronist Beninga spöttisch vermerkte, gegen seine eigene Ordensregel: der Abt mußte bei der Prozession hinter den Mönchen hergehen. Die Grafen Enno und Johann fanden die Mönche ab und zahlten den ältesten noch eine Zeitlang eine jährliche Rente.

Die Herren sagen »Nein«

Als die Mennoniten oder Wiedertäufer in den Niederlanden verfolgt und vertrieben wurden, fand eine beträchtliche Anzahl in Ostfriesland unter der toleranten Gräfin Anna Zuflucht. Die Landesherrin mußte jedoch später, um nicht in kaiserliche Ungnade zu fallen, einem Edikt Karls V. von 1542 nachkommen und alle Sektierer, vor allem die Mennoniten, des Landes verweisen. Auf Menno Simons, den Führer der Wiedertäufer, war ein Kopfpreis von 100 Goldgulden ausgesetzt.

Es war ein Grundsatz der Mennoniten, stets die Wahrheit zu sagen. Wie sie dennoch auch kritische Situationen meisterten, zeigt die folgende Anekdote:

Nach einem Besuch der Leeraner Gemeinde reiste Menno Simons mit dem regelmäßig verkehrenden Planwagen weiter nach Oldenburg. In Loga hielten gräfliche Söldner den Wagen an und forschten nach Menno Simons. Simons, der vorne saß, wandte sich an die Mitreisenden:

»Is er een Menno Simons bij?«

Als sich niemand meldete, antwortete der Gesuchte:

»De Heren zeggen van neen.«

s.a. Anmerkungen

HERMANN DE WERWE

Hermann de Werwe, 1584 in Esens geboren, war von 1607 - 1624 Pastor in Westerende bei Aurich. Er gab mehrere Bücher und eine Reihe von Kalendern heraus und war ein bekannter Astronom, Astrologe und Mediziner. Reershemius berichtet: »Der gemeine Mann erzählet wunderbare Dinge von ihm.«

So überrascht es nicht, daß er 1624 wegen des Umgangs mit »allotriis« von seinem Amte entsetzt wurde. Er zog nach Emden, wurde aber auch hier bald als Teufelsbanner angeklagt, »der mit unmenschlichen Teufelskünsten umgehe und ein wollüstiges Leben führe« (Reershemius), und aus der Stadt gewiesen. Nach mehreren unsteten Wanderjahren, die Hermann de Werwe als Astronom in den Dienst des Kurfürsten von Mainz, nach Köln, Regensburg und Wien führten, kehrte er um 1650 nach Esens zurück, wo er 1652, nach anderen Quellen 1656, starb.

Während seiner Westerender Zeit war der Pastor bei Hofe in Aurich ein gern gesehener Gast, und Fürst Enno III. erkor ihn nicht selten zum Begleiter auf seinen Kutschfahrten über Land.

Einmal fuhren Fürst und Pastor gemächlich einen tiefen Sandweg entlang und begegneten einem Westerender Bauern, der ein dickes, trächtiges Schwein vor sich her trieb.

»Dat sall wall 'n Koppel Biggen geben«, meinte der Fürst und stichelte:

»Wo vööl sullen dar wall van kamen? Ji weten 't ja doch all, denn mutten Ji ok dat weten.«

Der Pastor erwiderte kurz:

»Een« und ließ sich auch von den Herren des Gefolges nicht beirren. Er blieb dabei: »Nett akraat een.«

»Dat willen wi denn doch mal sehn«, sagte der Fürst, kaufte dem Bauern die Sau ab und ließ sie aufs Schloß treiben. Der Pastor aber behielt recht, die Sau warf nur ein einziges Ferkel.

Als der Westerender ein andermal auf das Schloß geladen war, wollte der Hofnarr ihm einen Streich spielen. Unter dem Stuhlkissen des geistlichen Herrn versteckte er sorgfältig mehrere Eier. Der Pastor hatte jedoch Lunte gerochen. Als die Herren sich zum Essen an die Tafel setzten, blieb er als einziger stehen.

»Sett Ju doch dal«, sagte der Fürst, »of mankeert d'r wat?«

»Ik bün kien Kluckhenn, dat ik Hör Eier utbröde«, gab er zur Antwort, »laten Se man eben unner't Küssen kieken.«

Hermann de Werwe galt bei seinen Pfarrkindern auch als unfehlbarer Wetterprophet: Kein Westerender ging in die Stadt oder in die Meeden, ohne sich vorher beim Pastor zu vergewissern.

Um die lästige Fragerei zu vermeiden, wurde mit der Gemeinde ein Signal vereinbart: Stellte der Pfarrer einen Stock vor die Tür, blieb das Wetter gut und trocken, nahm er jedoch den Stock herein, gab es Regen und Unwetter.

Ei is 'n Ei, sä de Paap, do greep he na 't dickste.

SCHADE, DASS DU ENNO HEISSEST

Marienhafe war im 17. Jahrhundert Schauplatz mehrerer Landtage. Als sich die Landstände wieder einmal in der Pastorei versammelt hatten, wurden etliche Beschwerden über Graf Enno III. laut. Darauf soll der älteste Prediger Wigand seinem kleinen Sohn auf den Kopf geschlagen und gesagt haben:

»Ei, so ist's schade, daß du Enno heißest.«

Die zweifelsohne unbedachte, halb scherzhafte Bemerkung hatte ein Nachspiel. Der Vogt Erpenbeck hinterbrachte die entsprechend ausgeschmückten Worte bei Hofe.

Graf Enno war anfangs entschlossen, ein Exempel zu statuieren, ließ sich dann aber durch einige Fürsprecher, die auch den jungen Grafen Ulrich auf ihre Seite gezogen hatten, milder stimmen. Wigand mußte jedoch binnen 24 Stunden das Land verlassen.

s.a. Anmerkungen

DAS MENSCHLICHE LEBEN IST WIE EINE SCHWEINSBLASE

Als sprachgewaltige, volkstümliche Prediger und satirische Sittenschilderer ihrer Zeit sind Abraham a Santa Clara († 1709) und Jobst Sackmann († 1718) im gesamten deutschen Sprachgebiet bekannt geworden, Sackmann auch, weil er seine Predigten teils plattdeutsch hielt.

Wer weiß aber schon, daß auch Ostfriesland wenig später Pastoren aufzuweisen hatte, die besondere Eigenarten pflegten, vor drastischen Bemerkungen nicht zurückscheuten und ihre Zuhörer des öfteren mehr amüsierten als erbauten. Leider sind nur Bruchstücke ihrer Vorträge erhalten geblieben.

Der zuletzt in Canum und Eilsum (Krummhörn) wirkende Dominee Johann Steinmann († 1779) sprach zum Schluß seiner Predigten nicht das übliche »Amen«, sondern ganz naiv: »Dar heij ji 't.«

In der zweiten Hälfte des 18. Jahrhunderts hielt der Simonswolder Pastor Cornelius Brill seine Ansprachen in einer seltsamen Mischung aus Holländisch und Plattdeutsch und gewann die Aufmerksamkeit seiner Zuhörer durch ungewöhnliche, häufig derbe Vergleiche:

Het Hemelryk is so zoet, so zoet as de Rand van een Pankoek. Vriende, zal ik u de Zoetheid (Süße) van het Hemelryk vertonen (zeigen)? Het is gelyk as een Schotel (Schüssel) met Reisbry, met Klontjes darin, so groot as de Marienhaver Toren!

Noahs Arke, de over Jaar en Dag op 't Water dubbelte, hadde hy neet goed bepikt west, dan was hy vergaan, daarom een lutjet Vat (Faß), dat bepikt is, is beter as een groot, dat onbepikt is. Ik meen daarmit, de Genade, de moet Ju Harte bepikken. (bepicken = kalfatern, d.h. die Fugen zwischen den Planken mit geteertem Hanf und Pech dichten).

So as de Moer (Mutter) is de Dogter, en de Dogter as de Moer, de Düvel is de Moer, en Ju Harte is de Dogter, en ach! 't is to waar, Muus is Moer, Steerten hebben ze al.

Ji kryten (weinen) wol ins, man 't koomt neet van Harte, on deur Kryten wor Ji ook neet zalig, anders wassen de Kryters vroom, on de Neetkryters godloos.

Spinoza en Kain sünt beide in de Helle, en as Ji neet anders worden, dann koomt Ji by heur, man Ji denken, ik heb nog wal Tyd, man Ji denken neet, dat Jou Leeven als een Swyne-Blaase is, wanneer man daar mit een Spelde in stekt, Pup zegt he, en de Wind is der uit, en zoo is 't ok mit Ju Zeele, ja 't is zoo gebrekkig, as 't Glas in de Fensters. 's avonds gaa Ji gerust to Bedde en dann keunen Ji zoo mit Bedde na de Helle vaaren un hoe zutt Ji dann ontvlieden? Denn zegt God: Gaat na de Satan.

Wenn Ji starven, dann bün Ji noch neet dood, ne lange neet, dat zul Ji wal willen, dann was Ji der of; maar dann geit Ju Elende eerst an, dann zeul Ji branden in de Helle, Ji Godlozen! tot in Euwigheid.

Von dem vor der Reformation in Werdum tätigen Pastor Sieboldus wird berichtet, er sei »ein wahrer Atheist« gewesen, er habe »sogar die Auferstehung« geleugnet und gesagt: »Men preket den Luiden so wat voor, dat man se in de Schnaar (Leine, Schlinge) hollt, de doot is, blieft wol doot.«

s.a. Anmerkungen

Pietismus

Im 18. Jahrhundert fand der Pietismus in Ostfriesland zahlreiche Anhänger. Auch Fürst Christian Eberhard (1665-1708) sympathisierte mit der neuen Erweckungsbewegung, die sich gegen die verstandesmäßig-kritische Art der herrschenden Orthodoxie wandte und sich vor allem unter dem Einfluß der benachbarten Niederlande ausbreitete.

Der Lebenswandel der Bekehrten entsprach jedoch nicht immer dem zur Schau getragenen frommen Eifer.

Zu den Hofjunkern des Fürsten zählte seinerzeit auch der Baron von Heidekamp. Es war allgemein bekannt, daß er dem weiblichen Geschlecht nicht abhold war und nach dem Tode seiner Frau das Schlafzimmer mit der Bedienten teilte.

Eines Tages kam der auch als Geschichtsschreiber hervorgetretene Auricher Stadtpastor Christian Funck (1659-1729) zur Neujahrsgratulation an den Hof. Heidekamp stand im Vorraum und sagte:

»Herr Pastor, ich wünsche Ihm nichts zum neuen Jahr als Jesum im Herzen.«

Funck entgegnete schlagfertig:

»Herr Baron, ich wünsche kurz wieder: Jesum im Herzen, aber Barbar' Dorothee aus der Kammer!«

Die beiden Hauptführer der Pietisten in Aurich waren Pastor Lamberti, Funcks Amtsbruder an der Stadtkirche, und der Regierungsrat und spätere Kanzler Brenneysen. Die beiden Geistlichen befehdeten sich auch heftig in ihren Predigten. Sie beschimpften sich öffentlich, und Funck rief eines Tages seinem Gegner, der ihn wieder einmal von der Kanzel herab beleidigt hatte, mehrfach zu:

»Das lügst Du!«

Esel van Osten

Ein Wortspiel zwischen der biblischen Überlieferung von der Arche Noah und dem Familiennamen van Osten verbindet die beiden folgenden Anekdoten.

Der Kircheninspektor und Pastor Peter Friedrich Reershemius (* 1728 Norden, † 1805 Weene), Verfasser des »Ostfriesländischen Prediger-Denkmahls«, hatte viele Freunde unter den Auricher Beamten. Oft traf er sich mit den »Pennlickers« zu munteren Streitgesprächen im Gasthof Schwarzer Bär, in dem sich damals regelmäßig ein literarischer Zirkel um den Regierungspräsidenten von Derschau versammelte. Reershemius galt als wortgewandter Gesellschafter, der um treffende Antworten auf heikle Fragen nicht verlegen war.

Einmal unterhielt sich die Runde angeregt über die Arche Noah. Als das Thema beinahe erschöpfend diskutiert war, brachte der junge Regierungsrat van Osten die Sprache auf einen noch unklaren, aber entscheidenden Punkt.

»Herr Inspektor«, wandte er sich an Reershemius, »wie kamen die Tiere zu Noah in die Arche?«

Reershemius spürte sofort, daß man ihn hereinlegen wollte und erwiderte:

»Nichts leichter als das. Noah rief auf Gottes Befehl die Tiere herbei: Löwe komm von Süden! Tiger von Norden! Rhinozeros von Westen — und Du Esel *van Osten*!«

Am 4. Februar 1819 gab das Auricher Konsistorium bekannt, Begräbnisse in der Kirche dürften künftig nicht mehr zugelassen werden:

»Es ist nicht zu erwarten, daß irgend jemand durch Absonderung nach dem Tode Vorzüge habe. Wo diese Aussicht aber besteht, sollen die Herren Geistlichen die Leute belehren, daß die Erde überall des Herrn sei.«

Als der Beschluß am Sonntag von der Kanzel verkündet wurde, war in einem Krummhörner Dorf gerade ein reicher Bauer gestorben. Die Familie bedrängte den Pfarrer so lange, den Verstorbenen doch noch in der Kirche neben seinen Eltern beisetzen zu lassen, bis er schließlich nachgab.

Das verdroß einen Nachbarn namens van Osten. Er meldete den Vorfall der Behörde, die einen Verweis erteilte.

Am nächsten Sonntag predigte der Pastor über die Sintflut und wie Noah die Tiere in seine Arche holte:

»Koomt binnen, koomt binnen, sä Noah, koom her, du Baar van Noorden un du Lööw van Süden, du Lamm van Westen un toletzd du Esel van Osten«, und dabei wies er auf die Kirchenbank, in der van Osten saß.

Herr Peerdkopp

In Burhafe wirkte von 1710-1735 der Pastor Johann Otto Pagenkopp. Einmal besuchte ihn ein Mann aus einer fremden Gemeinde und redete ihn wiederholt an: »Herr Peerdkopp.« Als der Pfarrer ihn schließlich verbesserte: »Mein Name ist Pagenkopp!«, entgegnete der Besucher: »Ja, ich wußte das wohl, mochte es aber nicht aussprechen.«

Als »Pag« bezeichnete man früher ein altes, abgearbeitetes Pferd, eine Schindmähre, die dem Pagenstecher (Schinder) zufiel.

Die schmutzigen Pastorenschuhe

Als gegen Ende des 18. Jahrhunderts ein ostfriesischer Schiffer im Dorumer Sielhafen an der Wurster Wesermündung festgemacht hatte, erschien prominenter Besuch: Georg Langenbeck, Pastor zu Padingbüttel und Propst des Landes Wursten, wollte mit ihm über die Landwirtschaft sprechen. Langenbeck war »nebenberuflich« Bauer; er führte in der Wurster Marsch den Anbau von Klee und Magdeburger Weizen ein.

Weder die Würde des Amtes noch die Verdienste des Geistlichen schienen den Ostfriesen zu beeindrucken. Ihn störten vielmehr die dicken Kleikluten, die an den Schuhen des Seelsorgers klebten. Statt einer Begrüßung brummte er mißmutig:

»Harrst di woll de Poten ofwisken kunnt!«

Nicht weniger verärgert über die unwürdige Behandlung, entgegnete der Geistliche:

»Weetst woll nich, well ik bün? Ik bün de Propst van ganz Land Wursten!«

»Un wenn du ok de Papst sülvst weerst — de Poten harrst di doch ofwisken kunnt!«

Die sparsamen Verlaatjer

Um 1820, zu Beginn der hannoverschen Zeit, sollte in Ditzumerverlaat eine reformierte Kirche gebaut werden. Die Regierung wollte die Kosten übernehmen, falls sich die Gemeinde mit dreihundert Talern beteiligte.

Auf der entscheidenden Gemeindeversammlung zeigten sich die Verlaatjer überrascht von dem großzügigen Angebot Georgs IV., bis ein Neunmalkluger zu bedenken gab:

»So dumm süllen wi doch wall nich wesen. Wenn wi uns eerst de Karke bauen laten, dann mutten wi se nahst sülvst unnerhollen!« Seine Worte gaben den Ausschlag, das Angebot wurde abgelehnt. Ditzumerverlaat erhielt erst 1856 eine Kirche, für die seinerzeit in ganz Ostfriesland gesammelt wurde.

Das Griechische Testament

In einer Pastoral-Konferenz, an der einundzwanzig Geistliche teilnahmen, stritt man sich über eine schwierige Stelle im Neuen Testament.

»Hett een van de Heern 'n greeksk Testament bi sük?« fragte der vorsitzende Superintendent. Alle verneinten.

Als bald darauf Wein aufgetragen wurde, fragte der Superintendent noch einmal:

»Hett een van de Heeren villicht 'n Körktrecker bi sük?«

Da wurden ihm zwanzig Taschenmesser mit Pfropfenzieher hingehalten. Seitdem nennt man ein solches Instrument auch wohl scherzhaft »griechisches Testament«.

Kircheninspektor Pfeiffer

Christian Diedrich Pfeiffer (1764 - 1816) war ab 1790 zweiter Prediger, ab 1802 Oberprediger und ab 1803 Kircheninspektor (Superintendent) in Reepsholt. Er beschränkte seine Aktivitäten jedoch nicht allein auf die Seelsorge, sondern stand weltlichen Angelegenheiten durchaus aufgeschlossen gegenüber, manchmal sehr zum Mißvergnügen seiner Gemeinde. So verfocht er mit Eifer und gegen mancherlei Widerstände die Blatternschutzimpfung, die 1803 durch königliche Verordnung Pflicht wurde. Gegen den letzten Friedeburger Chirurgen war um 1770 ein Konkursverfahren eröffnet worden, so daß es im Amt Friedeburg um die Jahrhundertwende keinen ausgebildeten Mediziner gab. Pfeiffer arbeitete die einschlägige Literatur durch und impfte selbst die Kinder mit behördlicher Erlaubnis und bestem Erfolg.

Über den geistlichen Herrn und seine Eigenarten ist manche Geschichte im Volksmund erhalten geblieben.

So erzählt man, daß Pfeiffer und sein örtlicher Amtsbruder Meentz häufig mit den Friedeburger Beamten im Gasthaus gesessen und Karten gespielt hätten. Beim Aufbruch sollen die beiden Herren abgemacht haben, daß die Predigt am nächsten Tage derjenige halten müsse, der noch am besten die Kanzel erklimmen könne.

Eines Sonntags war zur Kirchzeit in der Dorfwirtschaft eine Schlägerei entstanden. Pfeiffer hatte bereits den Talar angelegt, hörte den Tumult und stürmte in die Gaststube, um Einhalt zu bieten.

Die Streithähne ließen sich jedoch nicht stören, einige Unbeteiligte beschimpften und verspotteten den Geistlichen obendrein.

Kurz entschlossen legte Pfeiffer den Talar ab und rief: »Dor liggt de Paap un hier steiht de Keerl!« und warf die Randalierer hinaus.

Als Pfeiffer einmal an einem trüben Herbsttage mit einem Begleiter nach Hoheesche ging, blieb er plötzlich an einer Wegkreuzung stehen, zog wie zur Begrüßung den Hut und murmelte vor sich hin. Dann setzte er den Hut wieder auf und ging weiter. Sein Begleiter hatte der seltsamen Pantomime stumm zugesehen, schließlich fragte er, mit wem der Herr Pastor denn wohl gesprochen habe, da weit und breit niemand zu sehen sei.

Pfeiffer antwortete knapp und in ernstem Ton:

»Mir ist da soeben ein Geist begegnet!«

Kurz vor seinem Tode besuchte er die kranke Trientje-Möh. Die beiden sprachen von Tod und Vergänglichkeit, und Pfeiffer sagte schließlich:

»Wi beiden worden ja nu ok olt, man ik mutt noch ehrder derlang as Ji.«

Die alte Frau wandte ein:

»Man blot dat nich, Herr Pastor. Well sall mi denn so leev besöken?«

Daraufhin meinte der Geistliche:

»Wat menen Ji, Trientje-Möh, wenn ik na mien Dood noch mal bi Jo rinkieken dee?«

Noch Monate nach Pfeiffers Tod soll die Frau vor Schreck zusammengefahren sein, wenn jemand an die Haustür klopfte.

Pastor Strate

Zu den unvergessenen Persönlichkeiten des Norder Kirchenlebens um die Jahrhundertwende zählt Pastor Thole Strate (* 1828 Bingumgaste, † 1910 Norden), weniger als Verfasser christlicher Erzählungen »aus dem ostfriesischen Arbeiter- und Dienstbotenleben«, sondern vor allem deshalb, weil viele humorvolle Begebenheiten mit seinem Namen verknüpft sind.

An einem kalten Wintertag beobachtete der geistliche Herr den Milchmann Ahrends, der seinen Wagen mühsam durch die verschneite Mühlenstraße zog und die Ware in die Häuser brachte. Der Pastor kam wegen eines steifen Beines nur langsam voran und erreichte die zweirädrige Karre gerade in dem Augenblick, als Ahrends wieder einmal in einem Haus verschwunden war. Strate packte die Neugier: Er wollte einmal feststellen, wie schwer die Arbeit eines Milchmannes wirklich war. Vorsichtig hob er die Deichsel und schob die Karre an. Die ungewohnte Anstrengung, der Schnee und sein steifes Bein wurden ihm jedoch zum Verhängnis: Der Pastor rutschte aus, der Wagen kippte um, und die Milch floß in die Gosse. Wenn man Milchmann Ahrends später fragte, wie der ungewöhnliche Vorfall ausging, meinte er zufrieden: »Och, heel goot, ik harr ja de richtige Koh an d' Tau!«

Der Geistliche mußte eine nicht geringe Entschädigung gezahlt haben.

Auf seinem Grundstück am Ende der Osterpiepe hegte und pflegte Strate eine stattliche Hühnerschar. Von dem geliebten Federvieh konnte er sich selbst dann nicht trennen, wenn es zum Eierlegen zu alt und für den Kochtopf zu zäh war. Die Tiere dankten es ihm auf ihre Weise: Sie waren besonders anhänglich und folgten ihm auf Schritt und Tritt durch Hof und Garten.

An einem strahlenden Sonntagmorgen im Mai hatte Strate vergessen, die treue Schar einzusperren. Als er zu gewohnter Stunde den Weg zum Gottesdienst antrat, bot sich den Frühaufstehern ein wunderliches Bild: Hinter dem würdig dahinschreitenden, etwas schwerhörigen Geistlichen stolzierten in angemessenem Abstand nicht minder gravitätisch der Hahn mit seinen gackernden Hennen durch die Osterpiepe und die Osterstraße bis zur Ludgerikirche.

Strate merkte nichts, und er wunderte sich nicht einmal über die fröhlichen Mienen der entgegenkommenden Passanten. Erst als er an der Kirchentür noch einmal einen Blick auf den im Maiengrün prangenden Marktplatz warf, entdeckte er die Ursache der allgemeinen Heiterkeit. Kurz entschlossen machte er kehrt, setzte sich erneut an die Spitze des sonderbaren Zuges und geleitete sein Hühnervolk nach Hause. Dann eilte er zur Kirche zurück.

Remmer Janssen

Remmer Janßen (1850 - 1931), von 1877 bis 1921 Pastor und wortgewaltiger Erweckungsprediger in Strackholt, gehört zu den bedeutenden Persönlichkeiten des kirchlichen Lebens im nordwestlichen Deutschland. Er war der Begründer der später weithin bekannten Strackholter Missionsfeste, zu denen alljährlich viele Gläubige aus Ostfriesland zusammenkamen.

Janßen versah sein geistliches Amt mit großem Eifer und nahm wenig Rücksicht auf seine zuweilen angegriffene Gesundheit. Als Doktor Jilden, Remels, ihm eines Tages eine Kur in Wiesbaden verordnen wollte, lehnte Janßen mit den Worten ab:

»Darum brauche ich nicht verreisen. Hinter dem Hause habe ich Wiesen und Wasser zum Baden: da habe ich Wiesbaden!«

Bei seinen Predigten scheute er sich nicht, Mißstände anzuprangern und nannte auch Gemeindeglieder, die sich nach seiner Meinung vergangen hatten, mit Namen.

Fremde besuchten manchmal Janßens Predigten, »um sük mal weer utschellen to laten.«

Nach einem Besuch bei der hochbetagten, kranken Tina-Möh, die in ärmlichen Verhältnissen lebte, kehrte Janßen bei einer gutsituierten Bauernfamilie ein, die ihm stolz berichtete, daß sie einen Reichstaler für die Heidenmission opfern wolle. Das gefalle ihm, sagte der Geistliche und blickte dabei unentwegt zur Küchendecke, an der Speck und Würste hingen – aber noch besser wäre es, der alten Tina-Möh, die ihr Leben lang wie ein Pferd geschuftet habe, zwei Zentner Kartoffeln zu bringen.

»Un 'n Siet Speck mutt dat Ollske ok noch hebben!« fügte Janßen hinzu, nahm ein Messer aus der Tischlade, rückte sich einen Stuhl zurecht und schnitt eine gehörige Speckseite von der Decke ab. Ehe sich's die Bauersleute versahen, ging er freundlich lächelnd zur Tür hinaus und brachte der Alten das große »Geschenk«.

Als in einer Familie die Eltern krank daniederlagen, sorgte Remmer Janßen gemeinsam mit Klaas, einem Nachbarn, für Ordnung. Zum Schluß sagte er:

»Nu, Klaas-Ohm, mööt wi ok de Köök fegen un Örnung maken un Sand streien.«

Weil aber Klaas-Ohm den Sand nur flüchtig hinschüttete, sagte Janßen:

»Nee, Klaas-Ohm, wi möten ok kantjen.« Und so geschah es: der Sand wurde gleichmäßig verteilt und die Kanten kunstvoll verziert.

Als das Pfarrhaus einmal voller Gäste war, bat ein kranker Schriftenmissionar um Aufnahme.

»Herr Pastor, dat is tovööl«, meinte ein anwesender Schiffer, und auch Gretje, die Haushälterin, machte Einwände. Janßen sagte daraufhin:

»Wo dat Water 'n leeg Stee find', dar löppt 't tohoop.« Der Schiffer entgegnete:

»Man blot, Herr Pastor, wenn dat Water nich aftrecken kann, dann fang 't an to stinken.«

»Hest recht«, erwiderte Janßen und besorgte Unterkunft im Gasthof.

Erbittert wandte sich Janßen gegen den Alkohol. In den Gaststätten fegte er die Gläser vom Tisch. Die acht »Kuurstokereien« in der Gemeinde stellten das Schnapsbrennen ein.

Alkohol, von Frauen häufig aus Teetassen getrunken, wurde auch »kalter Tee« genannt. Wenn Janßen eine Stube betrat, in der Frauen um die Teekanne versammelt waren, fragte er gewöhnlich:

»Wat hew ji in 'n Teepott?« und bat auch wohl um ein »Koppke«. So wurde der Betrug zuweilen aufgedeckt.

Einmal war Janßen als Missionsfestredner nach Moordorf, im Volksmund von altersher »Swarte Weg« genannt, gebeten worden. Er predigte: »Ihr Leute vom schwarzen Weg. Wir wohnen alle am schwarzen Weg. Wir können aber alle schneeweiß werden von unseren Sünden durch das Blut Jesu Christi.«

Da rief ein Zuhörer: »Bröör, du hest recht!«

Auf einem Missionsfest in Ochtersum hatte Remmer Janßen zum Schluß seiner Predigt noch die Kollekte anzukündigen. Er zeigte auf die Knechte, die auf der Empore saßen, und rief:

»Ihr habt sicher schon im Sinn, wieviel Geld ihr auf dem Esenser Schützenfest verschwirren wollt. Denkt Ihr auch daran, was Ihr Leute für die Mission geben könnt?«

Seinen Lebensabend verbrachte Janßen in Egels bei Aurich. Eines Tages wurde er von einem jungen Mann mit einem Wagen zu einem Besuch abgeholt.

»Ich kann noch gehen«, sagte der Alte und wollte zunächst nicht einsteigen. Schließlich ließ er sich doch überreden und meinte nach einigem Nachdenken:

»Besser demütig gefahren als stolz gegangen!«

s.a. Anmerkungen

Deutsches Reichspatent (DRP)

Pastor Diedrich Rigts, der von 1853 - 1907 in Woltzeten (Krummhörn) sein Amt versah, kam eines Tages von einer Reise zum Konvent nach Emden zurück. Seine aufmerksame Haushälterin empfing ihn mit den Worten:

»Herr Pastor, hemmen Se Hör Regenschirm neet weer mitbrocht?«

»Och du leve Tiet, wor mag ik de wall vergeten hemmen?« meinte der Pfarrer und fügte hinzu:

»Dat is neet so leep, mien Naam steiht ja drin!«

»Mi is dat noch noijt upfallen», meinte seine überraschte Haushälterin.

Rigts erklärte gelassen:

»Dor steiht doch düdelk in: DRP, un dat heet: Diedrich Rigts, Pastor.«

Ubbo Paulus Voss

Ubbo Paulus Voß, 1868 in Arle geboren, betreute von 1912 bis 1934 als Pfarrer und von 1938 bis Anfang der sechziger Jahre als Pfarrverweser die Kirchengemeinde Resterhafe. Wenige Monate vor seinem 100. Geburtstag starb er 1967 in Norden.

In seiner Jugend galt Voß wegen seiner schwachen Gesundheit als nicht lebensfähig. Später äußerte er:

»De Doktor is al lang doot, un ik leev immer noch!«

Während einer Konferenz in Aurich wurde Voß Ende der fünfziger Jahre dem damaligen Landesbischof Lilje als »dienstältester Geistlicher Deutschlands« vorgestellt. Lilje sah ihn erstaunt an:

»Was? Der lebt?«

Darauf erwiderte Voß – nicht minder verwundert:

»Bün ik denn 'n Geest?«

In seiner urwüchsigen Art war der allseits beliebte und hochgeschätzte Seelsorger kein Freund von kirchlicher Bürokratie und offiziellem Gehabe.

Ende der zwanziger Jahre kam der Generalsuperintendent aus Aurich an einem Sonntag zu einer Visitation.

Nachdem Voß und sein Gast den Ornat angelegt hatten und würdig zum Gottesdienst schritten, blieb Voß auf halbem Wege stehen:

»Hochwürden, würden Sie einen Moment warten?«

»Ach, haben Sie etwas vergessen, Herr Amtsbruder?«

»Nee, ik mutt blot eben 't Schaap umsticken!«

Voß ging zur Seite und pflockte sein am Wegrand grasendes Schaf um.

Nach dem Gottesdienst und dem Mittagessen fragte Voß höflich: »Was geruhen Hochwürden nun zu tun?«

Auf die Antwort des Superintendenten »Ich denke, wir halten gleich die Sitzung«, wandte Voß ein:

»Nee, nu noch neet, Karkenvörsteher un ik hollen nu eerst uns Middagsslaap. Hier hebben S' dat Blattje, dat köönt Se eerst eben lesen!«

Nach der nachmittäglichen Sitzung wollte Voß schon aufatmen. Aber der hohe Besucher bestand darauf, nun endlich im Beisein des Kirchenvorstehers die Akten und das Archiv zu inspizieren.

»Wat sall dat?« fragte Voß ungehalten.

Sichtlich widerstrebend führte er den Gast schließlich in die Scheune und rief seiner Haushälterin zu:

»Lina, Kind, söök eben de rüsterge Slödelbund un bring de hierher!«

Mit den Worten »Dor is nix besünners in to seh'n!« zeigte er dann auf einen verschlossenen Schrank. Als es ihm nicht gelang, diesen zu öffnen, ergriff der Superintendent die Initiative. Unter dem Protest seines Amtsbruders:

»Ik segg Hör't nochmal in 'n goden, laten S' dat!«, stürzte ihm eine Flut von Akten und Dokumenten entgegen.

«Hochwürden, nun haben Sie alles durcheinandergebracht!« rief Voß entsetzt.

Der Beschuldigte wies den Vorwurf entrüstet zurück. Das Gegenteil sei doch wohl der Fall. Voß machte ihm jedoch klar, daß die scheinbare Unordnung durchaus System habe: Am oberen Rand des stets verschlossenen Schrankes befand sich ein Schlitz, durch den der Geistliche alle Papiere ins Innere warf und dort für die Nachwelt getrost chronologisch aufbewahrte.

Voß hatte 1955 an der Amtseinführung des Norder Superintendenten Cornelius teilgenommen, der ihm kurz darauf einen Gegenbesuch abstatten wollte. Der betagte Amtsbruder, der seit 1941 Witwer war, hatte einen ausgiebigen Mittagsschlaf gehalten, und Cornelius traf ihn schließlich in der Küche an. Die unangemeldete Visite schien Voß ein wenig aus der Fassung zu bringen. Als der Gast nach der Begrüßung auch seine im Auto wartende Frau hereinholen wollte, konnte er auf dem Weg zum Wagen den lauten Stoßseufzer seines Kollegen nicht überhören: »Du lev' Tiet, ok dat noch!«

s.a. Anmerkungen

Die »Vermahnung«

Heye Oltmanns, Pastor in Esens, später Superintendent in Norden, predigte gegen Ende der fünfziger Jahre an einem Bußtag vor nahezu leeren Kirchenbänken. Um so größer war am nächsten Tag die Teilnahme der Gemeindeglieder am Begräbnis eines prominenten Bürgers. Angesichts des langen Trauerzuges konnte der Geistliche der Versuchung nicht widerstehen, am offenen Grabe das offensichtlich mangelnde Interesse am Bußtagsgottesdienst zu kritisieren.

Die »Vermahnung« muß einen nachhaltigen Eindruck hinterlassen haben. Als sich die Menschenmenge schweigend auflöste, gingen zwei Zuhörer dicht hinter Oltmanns her. Einer der beiden brach nach einer Weile die betretene Stille mit den Worten:

»Annermal smitt he uns noch mit Kluten!«

Wiedersehen

Pastor Immer aus Manslagt war in jungen Jahren Missionar in Togo gewesen. Er ließ auch kaum eine Gelegenheit aus, seine Gemeindeglieder anzuhalten, ihr Scherflein für die Mission zu geben.

Als Pastor Kwami aus Togo im Jahre 1932 nach Deutschland kam, besuchte er auch Manslagt. Der Pastor ging mit ihm durch die Gemeinde. Unterwegs trafen sie Hinni Itzenga.

Nach der Begrüßung sah Hinni den farbigen Würdenträger einen Augenblick mit Verstand an und stellte dann fest:

»Kiek! Vandaag seh'n wi uns Geld weer.«

s.a. Anmerkungen

Dat Dröge Fell

Oll Barbeer Meiners drunk of un an geern en Sööpke mehr as he verdragen kunn.

As he mal weer en bietje tovööl hatt harr, kweem de Pastor un wull sük de Bart schrabben laten.

Meiners trillden de Hannen. Dat Mest gung hen un her as 'n Klöppel van 'n Klock un glee up eenmal ut.

»Dat kummt van dat verdammte Supen!« sä de Pastor vergrellt.

Meiners keek hum sinnig an:

»Dor mögen S' woll recht hebben, Herr Pastor, van dat Supen word dat Fell dröög un denn barst dat licht!«

Zweierlei »Ehr«

Der Pastor war zum Superintendenten ernannt worden und hatte gerade die Herren verabschiedet, die ihm die Nachricht überbracht hatten.

Da kam Hinnerk-Ohm und fragte:

»So, hebbt Se nu Eer genoog?«

Verdutzt antwortet der Pastor:

»Mien leve Hinnerk-Ohm, dat geiht mi doch nich um de Ehre bi dit Amt. Wo köönt Ji wall sowat van mi denken!«

Daraufhin erwiderte Hinnerk-Ohm:

»Och, Herr Pastor, von Jo Amt geiht mi ja nix van an, ik wull doch blot weten, of Se Eer genoog harren.«

Etwas unwirsch kam die Antwort:

»Ich habe es doch gesagt, es geht mir nicht um Ehre und Ansehn. Ich . . .« Da unterbrach ihn Hinnerk:

»Nu wesen Se man still! Ik hebb Hör doch 'n Wagen vull Eer in 't Tuun fahren un wull blot weten, of Se dar nu Eer 'noog an harren.«

Weitab

Der neue Pastor kannte bald jeden in seiner kleinen Gemeinde. Beim Gottesdienst vermißte er immer wieder eine etwas außerhalb wohnende Familie; auch am ersten Weihnachtstag fehlte sie.

Daraufhin suchte er nach der Predigt seine säumigen Schäfchen auf und sagte: »Wenn Se nich na de Kark kamen, dann mutt de Kark bi Hör kamen.«

Und zur etwas schwerhörigen Oma meinte er: »Uns Heiland is ja vandaag geboren«.

»Ocheer«, erwiderte die alte Frau, »wi wahnen so wiet achteraf, man word ja rein nix mehr gewahr.«

Pastor und Lehrer halten zusammen

Nach der Predigt forderte der Leichenbitter die Trauergemeinde laut und vernehmlich auf:

»Ich bitte Sie, die Leiche zu folgen.«

Nach der Beerdigung nahm der Pastor den Leichenbitter zur Seite: »Mein Lieber, das heißt aber: der Leiche.«

Der Bitter war zwar beleidigt, sagte aber kein Wort und ging schnurstracks zu einem nahebei wohnenden ehemaligen Lehrer.

»Mester, nu seggen Se mi doch, heet dat *die* Leiche of *der* Leiche?«

»Ja, mien leve Mann, dat heet natürelk die Leiche, man wo kamen Se darup?«

Nachdem er den Sachverhalt gehört hatte, antwortete er:

»Ja, nu mutt ik ja doch seggen, dat in disse Fall de Pastor recht harr, wenn he sä: der Leiche.«

Resigniert erwiderte der Leichenbitter:

»Hebb ik dat neet alltiet seggt:

Pastor un Mester holl'n immer tosamen!«

Der Schäfer von Riepe kam zufällig am Sonntag Misericordias Domini (2. Sonntag nach Ostern) in die Kirche.

An diesem Tag wurde früher regelmäßig über Jesu Rede vom guten Hirten und vom bezahlten Knecht gepredigt. (Joh. 10, 12-16). Der Schäfer, ein angestellter Hirte, fühlte sich persönlich angegriffen und beschloß, nie wieder den Gottesdienst zu besuchen. Einige Jahre später kam er jedoch unversehens wieder in die Kirche, diesmal mit seinem Hund, und zufällig war es der gleiche Sonntag wie damals. Der Pastor predigte wiederum vom guten Hirten. Das war dem Schäfer nun doch zuviel.

»Hett de Düvel mi al weer in 't Vermick«, murmelte er ärgerlich, rief seinen Hund und sagte: »Fix, kumm! Dat Sticheln un Stacheln fangt all weer an«, und ging hinaus.

Jacobus Begeman aus Wybelsum, vormals Prediger in Westbroek, Provinz Groningen, wirkte von 1810 bis zu seinem Tode, 1834, in Ditzum.

Eines Sonntags predigte er über den Text aus Moses 3, Kap. 19, Vers 35-36: Ihr sollt nicht unrecht handeln im Gericht, mit der Elle, mit Gewicht, mit Maß . . . Er führte aus, die Kaufleute sollten rechte Ellen, Maße und Gewichte gebrauchen. Bei diesen Worten sprang ein Kaufmann auf:

»Dominee, meent u mij!«

Begeman erwiderte:

»Wie die schoen past, de trekt hem aan«, und setzte seine Predigt fort.

Der Pastor predigte über den Text:

»Rüstet euch, ihr Christenleute.«

Da stieß Hinnerk seine Jantje an und sagte:

»Hebben wi ok Tied to rüsten? Wi mutten de hele Dag swoor arbeiden!«

Die Pfarrstelle in Victorbur war vakant geworden. Der aussichtsreichste Bewerber kam aus dem Oldenburgischen.

So machte sich der Kirchenvorstand auf den Weg, um den Aspiranten predigen zu hören. Der Pastor sprach über 1. Moses 16, wo der Engel zu Hagar sagt: Wo kommst du her, wo gehst du hin? Die Victorburer hörten eine Weile still zu, fühlten sich schließlich aber doch unmittelbar angesprochen. Als der Pastor einmal Atem holte, stand Esdert Saathoff auf und rief:

»Herr P'stor, wor Se 't darvan hebben, dann will 'k Hör dat seggen: Wi kamen van Vitterbur, un dar gah wi ok weer hen!«

s.a. Anmerkungen

Wittmunder Galpsacken

In früheren Zeiten zogen die Wittmunder Schuhmacher mit ihrer Ware im Rucksack regelmäßig zum Auricher Markt. Ihr Weg führte sie über Middels, wo sie gewöhnlich zur Kirchzeit eintrafen. Da der Markt erst am Spätnachmittag eingeläutet wurde, besuchten sie den Gottesdienst in der Dorfkirche.

Sie waren jedoch keine willkommenen Sonntagsgäste, denn sie »galpten« (sangen) überaus laut.

So machte eines Tages der Pastor seinem Unmut über die ungebetenen Gäste Luft mit den Worten:

»Gesegnet seid ihr Osterlooger, gesegnet seid ihr Westerlooger, aber verflucht seien die Wittmunder Galpsacken!«

Laat de Schapen man lopen, sä de Paap, wenn ik de Wull man krieg.

Neet all för Pestor sien Gatt, Köster mag ok wall wat.

Rabe und Nachtigall

Eine vornehme Dame saß einst in einer Kirche. In der Bank davor kauerte eine alte, ärmlich gekleidete Frau. Die Dame sang mit klarer, wohltönender Stimme, ihr mißfiel der laute, unschöne Gesang der Alten. So zischelte sie ihr zu, sie möge doch still sein, da sie ohnehin nicht singen könne.

Die bibelkundige Alte aber erwiderte ruhig in Anlehnung an Psalm 147.9:

»De leve Gott höört nett so goot dat Galpen van de Raav as de Gesang van de Nachtigall.«

Quodlibet

Eine ältere Frau sang im Gottesdienst zu den Melodien der angeschlagenen Lieder lautstark eigene Texte. Ihrem Banknachbarn wurde es schließlich zu bunt, er wandte sich zu ihr und sagte: »Wi singen 168.«

Die Frau blieb unbeirrt und sang: »Kümmer di um dien Kraam un neet um mien Kraam.«

s.a. Anmerkungen

Der Klingelbeutel

Als man in einer Dorfkirche beim sonntäglichen Gottesdienst zum ersten Male einen Klingelbeutel herumgehen ließ, fragte ein Bauer seinen Banknachbarn:

»Wat is dor in, kann sük elk wat herutnehmen?«

Der Nachbar erwiderte scherzhaft, es werde Schnupftabak gereicht, um die Schläfer zu ermuntern.

Als die Reihe an den Bauern kam, griff er in den Beutel und sagte:
»Ik bün so free un rook mien Deel!«

Von der Sünde

Hinnerk-Ohm kam vom Gottesdienst. Kaum hatte er den Sonntagshut auf den Haken gehängt, bedrängte ihn seine Ettje-Möh mit vielen Fragen nach den Kirchenbesuchern, nach der Kleidung der Nachbarin und sonstigen Neuigkeiten.

Hinnerk-Ohm, von Natur schweigsam, ließ immer nur ein knappes »Ja« und »Nee« oder »Ik weet neet« hören.

Als sie nun auch noch wissen wollte, was der Pastor gepredigt habe, brummte er ungehalten:

»Van de Sünde!«

Das reizte Ettje-Möh:

»Un wat hett he seggt?«

»He was dertegen!« sagte Hinnerk-Ohm, und das waren die letzten Worte, die er an diesem Sonntag von sich gab.

Habakuk

Ein Landmann, dessen Ehe bereits mit einer stattlichen Kinderschar gesegnet war, wußte nach der Geburt des jüngsten Sohnes keinen Namen für den Nachkömmling. Kurz vor der Taufe ließ er sich von dem Pastoren die Namen aller Apostel und Propheten nennen. Als die Reihe an Habakuk kam, stutzte der Mann und entschied dann rasch:

»Habakuk! – Geet Water d'rup!«

De Pastor verdeent de Köst mit de Mund.

Denn bün 'k der west

Antje-Möh is negentig worrn. Ok de Pestoor kwamm to gra'leern.

Dat Ollske was noch heel beenig, man na 't Kark gung se noijt.

Darum froog de Pestoor hör ok:

»Antje-Möh, ik seh Hör noijt in de Kark. Uns lev' Herr was seker heel blied', wenn he Hör ok mal to sehn kreeg.« Dor meen Antje-Möh:

»Ik sall mi wall hüten; wenn de mi in de Luur kriggt, denn bün 'k der west.«

Sympathieerklärung

Geburtstag auf dem Lande. Unter den Gratulanten ist auch der etwas wohlbeleibte Pastor.

Zu vorgerückter Stunde klopft ihm ein nicht minder korpulenter Bauer auf die Schulter und stellt lapidar fest:

«Tja, Herr Pastor, du un ik, wi sünd beid' heel Dicken!«

Die Heilige Schrift

Bei einem Gemeindeabend in einer sehr strenggläubigen Glaubensgemeinschaft gelang es dem Pfarrer selbst mit Texten von Wilhelm Busch nicht, die Gesichter seiner Schäflein aufzuheitern. Als er geendet hatte, fragte er eine ältere Frau, warum denn niemand gelacht habe. Verständnislos sah sie ihn an und erwiderte:

»Herr P'stor, wenn wi nich wussen, dat Se wat ut de Heilige Schrift vörlesen deen, denn harr wi uns doot lacht.«

Wenn 't denn nich anners wesen kann

De dicke Fro Suppendentske kunn bi hör Swarigheit keen tein Tree lopen, of se blechde as en Hund, de sien fiev Stünnen achter de Hasen tobrocht hett. Man se leet keen Week vörbigahn, dat se nich up en Dag na Nörden reisen de.

Se harr dat so inricht, dat se elker Maandag bi Weertsmann Rickert inleep un de Wagens uppaß, de na de Stadt to gungen. Se söch sük de beste ut, un fohr mit »Bitte« un »Danke« in Nörden vör un bi hör Döör weer an.

Man eenmal stunn se to luren un to luren, un dor wull keen Fohrtüüg kamen, dat hör passen de. Dat gung al tegen tein Ühr, un Weertsmann Rickert sä: »Wenn ik Hör raden sall, Frau Suppendent, denn geiht Se weer na Huus, dor kummt nix mehr.«

Man se harr hör Kopp ok un meen: »Wat nu kummt, mutt gellen!« Do kwamm en Moorhahn mit en Knutterwagen vull Törf derlangs.

Fro Suppendentske froog, of se woll mitfohren kunn. Jawoll, dat kunn se. Weertsmann Rickert greep mit to — un hiesup: dor seet Fro Suppendentske bi de Moorhahn up de Soden.

»Aber lasse Er mich vor der Stadt wieder absteigen«, sä se, man he gniffel sük en. Na een Stünn weern se in Nörden.

»Hier halte Er!« sä se. — »Hü!« anter he. — »Ich sage, hier muß ich absteigen!« sä se. — »Hü!« sä he weer — »Ich kann aber doch unmöglich so durch die Stadt fahren«, sä se. — »I!« meen de Hahntje, »wor Se so lang up seten hett, dor düürt Se ok noch langer up sitten. Wor will Se denn hen?«

Fro Suppendent muß woll uthollen, un as all hör Trüggeln nix hulp, sä se:

»Wenn 't denn nich anners wesen kann, dann fohr He mi in Gottsnaam vör Konsul Steenhamers Döör.«

So sett de Moorhahn sien Fracht midden in Nörden vör Konsul Steenhamers Döör of, un he bedank sük ok noch för de Ehre.

GRABINSCHRIFTEN

An der niederländischen Universität Groningen, die früher häufig auch von Ostfriesen und Emsländern besucht wurde, entstand ein Reim, den um 1800 ein krummbeiniger Einwohner aus Schüttorf bei Bentheim als Grabinschrift erhalten haben soll und der später auch einem Ditzumer zugedacht wurde. Der Spruch lautete:

Hier rüst de olle Schaveling,
De scheev up siene Knaken ging.
O Herr, maak hum de Benen liek,
Un steek hum in dien Himmelriek!
Du nimmst Di ja de Lammer an,
Laat de oll' Buck doch ok mitgahn!

Der Grabstein des Inselvogts Meine auf Juist trug folgende Inschrift:

Iggelden, Diggelden Deine,
Hier ruhen die Gebeine
Der Frau sowie des Vogtherrn Meine.
Früher schliefen sie in einem Bett,
Jetzt an dieser Ruhestätt'.

W.J. Willms hat die beiden folgenden »ollerweltsken Graffschriften« überliefert:

Hier liggt begraven Frau Margeret,
Of ik för hör beden sall, weet ik neet,
Is se in de Himmel, so bruukt se 't neet,
Is se in de Helle, so helpt hör 't neet,
Is se in 't Feegfüür, ik erlös' se neet:
Gott geve, dat se neet langer nu gefegt,
As se in 't Leven mi hett gefegt.

Hier rüst Aalke Aalkes Pott,
Bewahr mi, leeve Heere Gott,
As ik Di wull bewahren,
Wenn Du weerst Aalke Aalkes Pott,
Un ik weer leeve Heere Gott!

Aus Emden um 1700 stammt der folgende niederländische Grabspruch:

Onder deze steen
Leggen zeven broeders in't gemeen,
Zes heeten er Ewert en dan,
Was'r de zevende, de heete Jan.

s.a. Anmerkungen

Kaptein Mütz

De Pastor froog oll Kaptein Mütz, of he Luther kennen dee.

»Luther?«, sä Mütz, »nee, de kenn ik neet. Man he sall mi woll kennen, mi kennen s' hier all!«

Up 'n anner Mal froog de Pastor:

»Mütz, warum gahnt Se noijt na de Kark?«

»Och«, sä Mütz, »Sünden hebb ik neet un singen mag ik neet!«

De Köster van Bunde

De oll Köster in Bunde weer alltiet duun. Enes Sönndags, as he lüden muß, kreeg he en mit de Knepel achtervör, full to dat Toornlock herut un was stuuvdoot.

As he begraven weer, kweem sien Fro bi de Pastor: »Ik wull so gern en Spröök up mien Mann sien Denkmal hebben?!«

Doomnee wuß ok futt Rat.

»Schrievt man«, sä he:

> »Hier liggt begraven Jürn Lepel,
> he lüdde de Klock un stürv an de Knepel!«

Een Tuut un du flüggst rut!

Sönndagskark, de Gemeen sung de letzde Vers van 't eerste Leed. Pastor stunn al up de Kanzel.

»Dann word dat ja Tiet«, doch de oll' Frau, de dicht bi de Kanzel satt un tüterde ut hör Taschke en Hörrohr, anners kunn se kien Woord van de Preken verstahn. Se stook dat Dingerees mit Bedacht tosamen, dat sach bold ut as 'n Trumpeet. De Köster harr sik dat Spillwark van sien Örgelböhntje 'n heel Tiet ansehn, upletzd wurr hum dat to bunt. He klauterde na unnern, tippde de oll' Frau up de Schuller un sä:

»Een Tuut un du flüggst rut!«

Dat Leed van de Brill

En olle Köster in 't Rheiderland muß in de Kark alltiet vörsingen, besünners neeje Lieder.

Enes Sönndaags murk he, dat sien Brill mit Fett besmeert was. In sien Not un Upregen mook he d'r futt en Vers van:

> Wat is denn mit mien Brill'?
> De is ja heel mit Fett besmeert!

De Gemeen sung hum dat na. Un dorup de Köster:

> Och Lü, dat is doch neet mien Will'!
> Dat dumme Volk singt heel verkehrt!

Man de Gemeen sung ok disse Riegen na. Do brull he upletzd:

Dor slaa doch dit un dat herin,
dat dumme Volk is heel van 't Sinn!

Un de Gemeen hett hum ok dat nasungen.

Der Küster von Backemoor

Im allgemeinen standen Küster in Ostfriesland früher nicht in hohem Ansehen, sicherlich wegen der zahlreichen Nebentätigkeiten, die sie in der Volksmeinung Tagelöhnern gleichstellten.

Um 1800 wirkte in Backemoor bei Leer der Kantor und Küster Adrian Burman (ca. 1759 - 1814). Er zeichnete sich durch pädagogisches Geschick, hohe Intelligenz und große Energie, jedoch auch durch eine recht ungeschliffene Redeweise aus.

Burman unterhielt sich eines Tages in einer Gastwirtschaft mit mehreren Bauern, als Graf Clemens August von Wedel mit einer Jagdgesellschaft eintrat. Der Kantor ließ sich nicht stören und erregte bald die Aufmerksamkeit der Neuankömmlinge. Als jemand aus dem Gefolge den Grafen fragte, wer denn der Sprecher sei, antwortete dieser, der den Kantor kannte, abfällig: »Das ist der Küster von Backemoor.«

Burman hörte die Worte, fühlte sich gekränkt, trat auf den Grafen zu und sagte in ernstem, fast feierlichem Ton: »Herr Graf, unser gnädigster König und Herr, Friedrich Wilhelm III., ist und nennt sich in öffentlichen Urkunden König von Preußen, Markgraf von Brandenburg, Herzog von Schlesien, Sachsen, Landgraf zu Thüringen, Fürst zu Ostfriesland, Graf zu Hohenzollern, aber niemand nennt ihn bei seinem geringsten Titel Graf, sondern jedermann bei seinem höchsten: König. Ich bin Kantor, Organist, Schullehrer und Küster, wie Sie recht wohl wissen, aber niemand, nicht einmal der Allerungebildetste, redet mich bei dem Titel Küster an. Von Ihnen, einem gebildeten Manne, hätte ich erwartet, wie von allen andern mit Kantor tituliert zu werden.«

Der Graf, wegen seiner Spielleidenschaft, liederlichen Wirtschaftsführung und vielen Schulden sowieso nicht sonderlich angesehen, wußte nichts zu erwidern und verließ unter dem Hohngelächter der Bauern mit seinem Gefolge das Gasthaus.

Feierlicher Eindruck

Bei einer Beerdigung stand der Pastor dicht am Grab. Plötzlich gab der Boden nach. Um nicht in die Grube zu rutschen, sprang der Pfarrer kurzerhand auf die andere Seite.

Eine Zeitlang später kam ein Gemeindeglied, um einen Trauerfall anzumelden. Als alles besprochen war, druckste er noch ein bißchen herum, so daß der Pastor fragte:

»Haben Sie noch einen besonderen Wunsch? Sagen Sie es nur!«

»Och«, sagte der Mann, »wi harr'n dat wall heel geern hat, dat Se bi disse Beerdigung ok mal so över 't Graff springen deen. Dat letzde Mal sach dat heel fierlich ut.«

Die Stimme aus dem Grab

Zwei Bauern aus Loga wollten vor vielen Jahren frühmorgens zum Auricher Markt. Da sie befürchteten, die Haltestelle der Kleinbahn nicht rechtzeitig zu erreichen, kürzten sie den Weg ab und gingen in der Dämmerung über den Friedhof.

»Wo laat mag dat woll wesen?« fragte der eine den anderen.

Da hörten sie aus einem offenen Grab eine tiefe Stimme:
»'t is nett halv söben! Helpt mi d'r man eben ut!«
Entsetzt rannten die Bauern davon.

Später erfuhren sie, daß der Küster schon vor Tag und Tau ein Grab ausgehoben und ihnen geantwortet hatte.

Energie Sparen

Die Kirchen waren früher im Winter kaum geheizt. Die Frauen brachten ein Fußstövchen mit einem glühenden Stück Torf oder Brikett mit, die Männer erschienen in strohgefütterten Holzklumpen und dicken Wollsachen, und zusätzlich heizte der Pastor seinen Zuhörern mit einer feurigen Predigt ein. Fortschrittliche Gemeinden versuchten mühsam, mit einem mächtigen Kanonenofen gegen die klirrende Kälte anzukämpfen.

Wie überall war auch in einem Dorf bei Aurich dem Küster, einem umsichtigen und sparsamen Mann, die Heizung anvertraut. Er sah seinen Ehrgeiz darin, Brennmaterial und Heizkosten zu sparen. Zum Mißvergnügen vieler Kirchgänger begann er erst auf dem Höhepunkt der kalten Jahreszeit zu heizen und hörte am Ende des Winters frühzeitig wieder auf. Wenn es in der Übergangszeit unvermutet bitterkalt wurde, verfiel der Kirchendiener auf eine List, die Energiesparern heute als Vorbild dienen könnte: Bevor der erste Gottesdienstbesucher erschien, holte er mit einer Zange ein glimmendes Stück Torf aus seinem Küchenherd und wandelte damit in dem eiskalten Kirchenschiff so lange auf und ab, bis sich der Duft des »Rauchopfers« gleichmäßig im Raum verteilt hatte. Behaglich sogen die Kirchgänger den angenehmen Torfrauch ein:

»Kiek, Oll' hett doch inbött'! Kannst glieks marken, is 'n heel anner Lucht!«

Der Leichenbitter

Bei einem Trauerfall überbrachte früher der »Dodenbidder« (Leichenbitter) den Verwandten und nächsten Nachbarn die traurige Botschaft. Zum »Ansagen« setzte er einen Zylinder und eine würdige Miene auf.

In Emden kam eines Tages der »Dodenbidder« in ein Haus, in dem gerade ein Maler arbeitete. Er blieb vorsichtshalber in der Diele stehen, doch erst als er die Todesnachricht bereits mit lauter Stimme verkündete, bemerkte er, daß er mit seinem schwarzen Anzug doch einer grün gestrichenen Tür zu nahe gekommen war. Hier folgt seine ungewöhnliche Ansage:

»Dag mit'nanner, unnern un boven, achtern un vörn un an beide Sieden. Ik hebb antoseggen, dat uns lev' Gesinus Janßen ut de Brückstraat in dat hochgesegent Oller van tachentig Jahren güstern avend overleden is.

Dat Begräffnis is – Wat? Hebben Ji dat hier streken kregen? – Dat Begräffnis is tokomen Maandag um twalv Ühr – mien heel Anzug is vull gröön Farv! – Ji sünd all mit'nanner – un wenn 'k dat der neet weer offkrieg, mutten Ji dat betahlen! – Ji sünd all mit'nanner hartelk inladen! Dag mit'nanner!«

Totengräbers Dank

Als eine Witwe auf dem Friedhof in Leer gerade das Grab ihres Mannes mit Stiefmütterchen bepflanzen wollte, kam ein Mann vorbei und fragte, ob er ihr die Arbeit abnehmen dürfe.

»Gern«, sagte sie und ließ ihn gewähren. Zur Belohnung steckte sie ihm ein paar Mark zu. Der Fremde bedankte sich überschwenglich und sagte, er sei Totengräber und verabschiedete sich mit den Worten: »Un wenn Se mal sowiet sünd, leve Frau, denn will ik Hör woll 'n heel besünners moij Lock maken!«

Das Stedesdorfer Taubenhaus

Neben dem Wahl- und Stimmrecht in weltlichen und kirchlichen Angelegenheiten hatten die Besitzer der sogenannten vollberechtigten Bauernhöfe in Ostfriesland früher das Privileg, ein Taubenhaus anzulegen oder auf den Gemeindewiesen eine bestimmte Anzahl von Gänsen zu halten. Von diesem Vorrecht profitierte auch mancher Pastor, zu dessen Pfarre ein solcher Hof gehörte. Berühmt geworden ist das Taubenhaus der Stedesdorfer Pastorei, das bereits in dem »Memoriale linguae Frisicae« des Geistlichen Johann Cadovius Müller (1650 - 1725) erwähnt wird. Vermutlich handelt es sich um jenen auf Pfeilern ruhenden Taubenkasten, der vor dem Pfarrhaus stand und erst nach dem Zweiten Weltkrieg abgebrochen wurde.

»Se sünd al mit'nanner achter de Duuvkast west«, sagte man in Stedesdorf von einem Brautpaar, wenn es beim Seelsorger das Aufgebot für die Trauung bestellt hatte.

Auf die scherzhafte Frage, ob denn die gefiederten Insassen des Taubenschlages nun lutherisch oder reformiert seien, wußte der Volksmund im Dritten Reich eine treffende Antwort: »Nee, dat sünd Nazis: De leben van 't Volk un schieten up de Kark!«

Nu hebben wi Gottswoort swart up witt, sä de Buur, do sach he 'n Paap up 'n Schimmel riden.

De Pestor is 'n Paal in de Gemeende, elke lusige Koh schüürt sük d'r an.

Köster un Pestor mutten sük verdragen as Speck un Kohl.

De Klock geiht as de Köster de Kopp steiht.

Schiet is 't all, ok wenn Pestor schitt.

't sünd nare Tieden, sä de Paap: De Buur maakt sien Kinner sülvst.

Elk up sien Stee, sä de Paap, do settde he 'n Luus van 't Beffke achter 't Ohr.

Wenn 't drüppt up den Preester, dann regen 't up de Köster.

Vör alle Gefahr, sä de Menist, do bunn he de Hund an, de al dree Daag doot was.

En Peerd kann sük wall vertreden, un 'n Pastor kann sük wall verspreken.

Eenmal Pastor — alltiet Pastor.

De Pastor preekt man eenmal för 't sülvige Geld.

Wo nahder bi Rom, wo slechter de Christen.

Von Insulanern und Fahrensleuten

Insulare Philosophie

Professor Rudolf Christoph Eucken (* 1846 Aurich, † 1926 Jena), Philosoph und zweiter deutscher Träger des Nobelpreises für Literatur (1908), schildert in seinen »Lebenserinnerungen« Eindrücke von sommerlichen Reisen, die er in seiner Jugend mit der Mutter zu den ostfriesischen Inseln unternahm.

Die Insulaner beschreibt Eucken als einen Menschenschlag, der fest überzeugt sei vom Walten eines Schicksals, dem sich niemand entziehen könne. »Das sollte so sein« sei der übliche Trost. Doch der Schicksalsglaube lähme keineswegs den Mut und die Energie des Handelns, aber er verbiete alles unnütze Grübeln über das, was hätte kommen können.

Als ein Kurgast einmal einen Langeooger gefragt habe, wie es den Einwohnern bei einem plötzlichen Unfall oder einer schweren Krankheit ergehe, da doch kein Arzt auf der Insel sei, habe jener gemeint: »Nun ja, dann müssen wir unseren eigenen Tod sterben.«

Die salomonische Farbmischung

Auf einer ostfriesischen Insel kam es zu einem ungewöhnlichen Disput um den hölzernen Glockenstuhl, der neu gestrichen werden mußte.

Über die Notwendigkeit der Arbeit waren sich die Insulaner durchaus einig, nicht jedoch über die Farbe.

Nach langem Hin und Her blieben zwei Möglichkeiten: Das Gestell sollte entweder schwarz geteert oder rot eingefärbt werden. Die Leute vom Ostende des Eilandes plädierten für Teer, die Westendjer für Rot.

Der Kirchenvorstand, dem je zwei Vertreter der beiden Parteien und der Pastor angehörten, hatte das letzte Wort. Beide Seiten beharrten bis zuletzt auf ihrem Standpunkt.

Die Stimme des Geistlichen mußte den Ausschlag geben. Um allen gerecht zu werden, sah er nur einen Ausweg: Man möge Teer und Farbe vermengen und damit den Glockenturm streichen.

»Hett dor een wat tegen?« fragte er, und da niemand widersprach, schrieb er den salomonischen Beschluß ins Protokoll.

Während sich die beiden Westendjer schweigend auf den Heimweg machten, nahm einer der beiden Ostendjer den anderen zur Seite und meinte:

»Spiet mi, dat wi uns Pastor so in Verlegenheit brocht hebben un dat de Toorn nu nahst na nix lett. Man dat een freit mi: De annern hebben hör Will' nich kregen!«

Borkumer Badeleben

Eine Schilderung des Borkumer Badelebens zu früherer Zeit gibt der Bremer Pastor und Schriftsteller Otto Julius Funcke (1836 - 1910) in seiner erstmals 1872, später in mehreren Auflagen erschienenen Sammlung »Reisebilder und Heimatklänge. Dritte Reihe.«

Funcke war unangemeldet nach Borkum gekommen und anfangs froh, ein Quartier in dem kleinen Häuschen von Ate Bekaan zu bekommen. Nachdem er sich an die Kargheit seines Zimmers und die ihm ungewohnte Butze mit dem »Lichtertau« (Strick zum Aufrichten im Bett) gewöhnt hatte, fragte er seine Wirtin nach einigen Utensilien, die er für selbstverständlich hielt. Alle seine Wünsche: Korkenzieher, Seifenbecken, Stiefelknecht, Tintenfaß wurden abschlägig beschieden mit der jeweils gleichen, lapidaren Antwort: »Mynheer, 't is 'n Insel.«

Als Funcke nach einer unruhigen Nacht gegen Morgen wieder einschlafen wollte, hörte er plötzlich »ein Gekrabbel, Gekratze und Gerassel«. Er berichtet:

»Ich fahre auf — da marschieren, von dem fahlen Mondlicht beschienen, durch die sehr lückenhafte Stubentür Bestien auf mein Bette zu, die mein Entsetzen erregen. Sie waren so groß wie meine kleine Hand, auf dem Rücken mit einem Panzer bedeckt ... Eine Schwadron folgte der andern, bis der Boden meiner Kammer davon wimmelte.«

Als Funcke schließlich den Sohn seines Vermieters aufstehen hörte, rief er laut: »Ate Bekaan!« »Hier bün ik, Mynheer Dominee«, antwortete dieser und zertrat bei seinem Eintreten gleich nichtsahnend »eine der Bestien, daß es krachte und knirschte.«

»Wat is dit?« rief er entsetzt, als er die Tiere sah, »Gott un de Welt — Krabben un Krebse! Wo kümmt dat Düvelstüüg hier in de Stuuv!?«

Das Rätsel war bald gelöst. Der alte Ate Bekaan hatte die Tiere am Vortag gefangen und in einem großen Eimer auf die Diele gestellt. Vermutlich hatte die Katze den Eimer umgestoßen, und die Tiere hatten zu entkommen versucht.

Funcke, der auf Borkum Ruhe und Erholung und die Heilung seiner Schlaflosigkeit erhoffte, suchte sich trotz der zufriedenstellenden Erklärung anderntags ein komfortableres Quartier.

Schlimmer Winter

Zu früherer Zeit war das Leben auf den Inseln wesentlich eintöniger als heutzutage. So nutzte man jede erdenkliche Gelegenheit zum Feiern.

Auf Borkum hatte es sich zeitweilig eingebürgert, daß auch die »Behusung«, das Einsargen, einen Anlaß bot für ein geselliges Beisammensein mit ungezählten Sööpkes, häufig auch mit Musik und Tanz.

Als ein Festlandsbesucher im Frühjahr einen alten Borkumer fragte, wie man denn den langen Winter auf dem Eiland verbracht habe, antwortete der sichtlich enttäuschte Insulaner:

»Dat was 'n mallen Winter, dar was nix los up Börkum – keeneen is stürven!«

Feine Seemannsnase

An einem diesigen Winterabend geriet ein Borkumer Zweimastschoner auf der Heimfahrt in eine dichte Nebelbank.

Kapitän Willem Schol war zwar ein erfahrener Seemann, hatte aber schließlich doch die Orientierung verloren. Als das Schiff auf eine Sandbank lief, sprang Schol über Bord, nahm eine Handvoll Sand, steckte die Nase hinein und atmete erleichtert auf: »'t ruukt risk, 't is Börkum!« – auf deutsch: Es riecht frisch, es ist Borkum!

s.a. Anmerkungen

Schipper Meeuw

Die Borkumer Schifferfamilie Meeuw versah bis gegen Ende der sechziger Jahre mehrere Generationen lang die Börtschiffahrt zwischen Borkum und Leer. Zwar wechselten die Schiffe im Laufe der Jahre, aber sie hießen immer wieder »Jantje«. Die Segeltjalk des alten Hinderk Meeuw war ein vertrauter Anblick am Anlegeplatz bei der »Waage« in Leer. Über den Borkumer Schiffer erzählt man noch heute eine Reihe von Geschichten.

Einmal war er in nur fünf Stunden von Borkum nach Leer gesegelt. Als ihm einige Kaufleute gratulierten, meinte er voller Stolz:

»Mien Jantje löppt as de Potosi.«

Die deutsche stählerne Fünfmastbark »Potosi« war eines der schnellsten Segelschiffe der Welt. Und fortan war »Potosi« der Ökelname des Schiffers.

Als er einmal morgens um 5 Uhr auf der Reling saß, um nach alter Seemannsmanier »tüsken de Wanten dör« seine Notdurft in den Hafen zu verrichten (denn eine Toilette gab es noch nicht an Bord), beobachtete ihn ein prominenter Bürger. Er zeigte Meeuw an, der prompt arretiert wurde. Es war zur Zeit des Ersten Weltkrieges, und der Börtschiffer war mit seiner »Jantje« für die Inselversorgung unentbehrlich. So mußte man ihn notgedrungen wieder laufen lassen.

Bis in die zwanziger Jahre waren noch nicht sämtliche Leeraner Haushalte an die Kanalisation angeschlossen; viele Hafenanwohner besaßen ein Plumpsklosett am Ende eines in den Hafen ragenden Steges.

Von der »Waage« aus mußte die »Jantje« bis zur Seeschleuse häufig mehrere Schläge kreuzen. Als Meeuw eines Tages ablegte, sah er, wie eine Frau gerade in ihrem Häuschen verschwand. Er hielt auf den Steg zu; seine beiden Söhne standen klar zum Manöver.

Der Bugspriet der Tjalk hatte sich schon bis auf wenige Meter dem Steg genähert, da rief Meeuw laut:

»Ree! Jungs, wi seilt ja dat heele Hüüske över d' Kopp.«

Die Frau bemerkte die bedrohliche Situation, sie sprang auf und flüchtete »as so 'n Henn van 't Nüst« über den Steg an Land und ins Haus.

Eines Tages luden einige Bürger den Schiffer zum Essen in die »Waage« ein. Seine Gastgeber legten es darauf an, ihn »duun« zu machen. Doch er merkte die Absicht wohl und sagte nach einiger Zeit, er müsse auf sein Schiff, um auszutreten. Das könne er doch genausogut in der »Waage«, meinte die Runde, aber er blieb unbeirrt:

»Nee, dat mag 'k neet, ik do dat lever an Bord!«

Aber er wollte sich revanchieren und sagte: »Ji wassen so fründelk to mi. Wenn ik torüggkoom, laad ik Jo to 'n Eten bi mi an Bord in: 't gifft Börkumer Swartaanten.« Das geschah. Nach dem Essen meinte ein Gast: »De Aanten wassen ja man 'n bietje dröög, de kriegen bi Jo up Börkum wall nich vööl to freten.« Meeuw griente: »Tja, Kreihen sünd nu mal eben nich fetter.«

s.a. Anmerkungen

JAN-STRALLI

Jan-Stralli verdankte seinen Ökelnamen einer besonders schönen Glaskugel (Stralli), die ihm als Kind beim »Knickerspiel« (Murmelspiel) stets außergewöhnlich viel Glück gebracht hatte. Auch später blieb ihm das Glück treu, hinzu kam eine angeborene Pfiffigkeit.

Einmal strandete vor Borkum ein polnisches Schiff. Nachdem die Insulaner die Ladung geborgen hatten, fand Jan tags darauf noch eine Kiste mit sechshundert unversehrten Eiern. Er versteckte sie in seinem abseits gelegenen Garten. Abends packte er die Eier in kleinere Kartons und karrte sie auf seinem Handwagen nach Hause — gut getarnt unter einer Plane und einer dicken Schicht Mist. Kurz vor einer Gastwirtschaft hielten ihn zwei Zöllner an.

»Na, Stralli, was für Ladung?«

»Polnische Eier, meine Herren!«

»Wieviel sind es denn?«

»Och — so zweitausend Stück!«

Ein Beamter faßte unter die Plane, zog aber schnell seine Hand, dungverschmiert, zurück.

»Du Schweinehund!« fluchte er, während Jan die Zöllner anfeuerte:

»Ärmel hochkrempeln, der Schatz sitzt tiefer!«

Jan lud die beiden zu einem Versöhnungstrunk ein und brachte dann seine Beute unbehelligt nach Hause.

Jahrzehntelang war Jan-Stralli Schaffner bei der Borkumer Kleinbahn. Ein finanzkräftiger Urlauber versuchte eines Tages, die Geduld des Ostfriesen zu erproben. Bei jeder Fahrt zahlte er mit einem Fünfzigmarkschein. Jan hatte jedesmal Mühe, das Wechselgeld zu beschaffen. Er durchschaute aber das Spiel und beschloß, mit gleicher Münze heimzuzahlen.

Als der Binnenländer beim nächsten Mal erneut einen Fünfziger zückte, nahm Jan ihn an, griff in die prall gefüllte Schaffnertasche und gab mit unbewegter Miene das Wechselgeld heraus: in Groschen und Fünfpfennig-Stücken! Bei dreißig Mark konnte der nur luftig gekleidete Herr die Münzen kaum noch unterbringen und gab sich geschlagen. »Der Rest ist für Sie!« rief er abwehrend.

»Das will ich meinen!«, sagte Jan, »und ab morgen zahlen Sie gern mit einem Hunderter!«

Borkumer Weinsuppe

Ein Borkumer Strandjer (Strandläufer) entdeckte eines Morgens ein Faß schweren Südweins, das über Nacht angeschwemmt worden war. Er versteckte es in den Dünen und holte es in der Dunkelheit mit Hilfe seiner Söhne nach Hause.

Am nächsten Tag bat er seine Frau, doch einmal eine Weinsuppe zu kochen. Die Insulanerin verstand sich zwar hervorragend auf die Zubereitung von Grünkohl und Steckrüben, aber von einer Weinsuppe hatte sie noch nie etwas gehört. Sie zögerte jedoch nicht, erhitzte das edle Getränk behutsam und brachte es pur auf den Tisch.

Die gesamte Familie sprach dem seltenen Mahl kräftig zu, doch bereits nach dem ersten Teller fiel ein Kind nach dem anderen vom Stuhl. Den Erwachsenen gelang es gerade noch, nach draußen zu torkeln. Sie legten sich aber dort bald nieder und schliefen ihren Rausch aus.

Nun wußten alle Insulaner, womit die See tags zuvor den Strand gesegnet hatte.

Unverwüstlich

Um 1860 mußte der damalige Inselpastor von Juist aus Alters- und Gesundheitsgründen sein Amt einem jüngeren Kollegen überlassen. Er ließ es sich jedoch nicht nehmen, allsonntäglich am Gottesdienst teilzunehmen.

Wie eh und je übertönte seine ungewöhnlich laute Stimme den Gesang der Gemeinde, und die Insulaner sagten: »De kriegen s' ok neet doot, de brullt för tein!«

Zwei Juister im Himmel

Die Juister galten früher als besonders arge Strandräuber, daher war ihnen auch das Paradies verschlossen.

Als Petrus einmal an einem schönen Sommernachmittag eingenickt war, schlichen sich zwei Juister an dem Schläfer vorbei und hinein in den Himmel. Anfangs drückten sie sich still in eine Ecke, bald aber wurde man auf die Eindringlinge aufmerksam. Der heilige Paulus entdeckte sie zuerst, er wurde sehr böse und forderte, daß Petrus sie wieder hinauswerfe. Petrus öffnete die Himmelstür und hoffte, daß sie freiwillig gingen. Denn es ist zwar schwer, in den Himmel zu kommen, aber es darf auch niemand wieder hinausgejagt werden.

Die Juister blieben jedoch. Da verfiel Paulus auf eine List. Als die beiden einmal wieder in seine Nähe kamen, lugte er angestrengt durch das Himmelsfenster, als ob er draußen etwas entdeckt hätte und rief plötzlich mit dröhnender Stimme:

»Schipp up Strand! Schipp up Strand!«

»Wo is dat Schipp?« riefen die Juister begeistert. Sie rannten spornstreichs hinaus und Petrus schloß schmunzelnd hinter ihnen das Himmelstor.

s.a. Anmerkungen

Zuversicht

Auf Juist lebte gegen Ende des 19. Jahrhunderts der alte Jakob Focke Visser, genannt Jaapk-Ohm, allein in einem baufälligen Insulanerhaus.

Wenn im Winter sein Vorrat an mühsam aufgelesenem Treibholz zur Neige gegangen war, brach er Bretter und entbehrliche Dachsparren der Hütte ab und verfeuerte sie wohlgemut in der offenen Herdstelle. In sicherer Erwartung künftigen Strandsegens tröstete sich der Alte jedesmal mit den Worten:

»Lev' Gott gifft mi wat weer!«

Hillerk-Ohm

Hillerk-Ohm war Juister Fährschiffer und der erste im Jahre 1876 vom Norder Postamt auf der Insel bestätigte Landbriefträger. Wenn sein Schiff im seichten Wasser auflief, stieg er über Bord und trug den Postsack auf dem Rücken an das Ufer. Dabei kam es vor, daß der Beutel vom Seewasser durchnäßt wurde. Hillerk wußte sich zu helfen: Er breitete die Briefe und Karten säuberlich am Strand aus und ließ sie trocknen. Dann ging er ins Dorf zu einer Düne, wo ihn im Sommer vor allem die Badegäste sehnlichst erwarteten. Ein Pfiff aus der Trillerpfeife kündigte den Beginn der Postverteilung an.

Als der Fährmann einmal bei widrigem Wind von Norddeich nicht ablegen konnte und sich zuguterletzt auch noch der Inselpastor zur Überfahrt einfand, murmelte Hillerk-Ohm:

»Un nu hebben wi ok noch uns Pastor un all Düvelee an Bord!«

Einmal kaute Hillerk genüßlich auf einem unförmigen Stück Stockfisch. Neugierig fragte ein weiblicher Badegast:

»Was essen Sie denn da?«

Hillerk: »Updröögt Schellfisk!«

Darauf die Dame: »Kann Ihr Magen denn das vertragen?«

Hillerk in barschem Ton: »Dor fraag ik hum neet na!«

Willm-Ohm

Der alte Willm-Ohm, ein Juister Original, war bei der Seehundsjagd von einer Robbe in den Fuß gebissen worden. Im Dorf sprachen ihn zwei weibliche Badegäste erschrocken an:

»Sie armer Mensch, Sie sind ja schrecklich verletzt! Das kann eine böse Blutvergiftung geben!«

»Och wat«, sagte Willm-Ohm, »dat hett keen Bedüden, in 'n paar Dagen is 't all weer in d' Rieg!«

»Aber tun Sie denn nichts dagegen?« fragten die Damen noch entsetzter.

Willm sah sie treuherzig an und verriet ihnen ein Allheilmittel aus der Volksmedizin:

»Ik piß d'rup, dat helpt am besten!«

Willm-Ohm spann gern Seemannsgarn, vor allem als Antwort auf allzu neugierige Fragen von Kurgästen. Zu den Utensilien, die er stets mit sich herumtrug, gehörte eine alte Flinte mit einem ziemlich krummen Lauf. Willm erzählte, das sei ein spanisches Gewehr, er könne damit um die Ecke schießen. Ein spanischer Kapitän, dessen Schiff einst vor Juist gestrandet sei, habe es ihm geschenkt.

Wenn es um Trinkgeld ging, war Willm-Ohm um Einfälle nie verlegen. Neugierigen Fremden zeigte er gegen klingende Münze eine mit Spiritus gefüllte Flasche, in der ein abgestorbener Finger schwamm. »De is van mien Ollske«, beteuerte er und schilderte bewegt die schaurige Geschichte von einem am Strand angetriebenen, unbekannten Fisch, dessen Giftstacheln einen Finger seiner Frau so unheilbar entzündet hätten, daß er abgefallen sei.

Besonders einträgliche Geschäfte machte Willm stets mit einer Klaffmuschel, die er wegen ihrer rosaroten Färbung als besonders selten bezeichnete. Von diesem einmaligen Fund könne er sich nicht trennen, erzählte er, wenn ein Besucher Interesse zeigte.

Erst nach langem Zureden und einem entsprechend hohen Gebot war er, scheinbar widerstrebend, zum Verkauf bereit. Einige Tage darauf präsentierte er jedoch eine ähnliche Muschel mit der gleichen Färbung. Nur eingeweihte Insulaner kannten das Geheimnis der vorgeblichen Rarität: Willm legte weiße Muscheln für kurze Zeit in einen Sud aus Labkrautwurzeln, mit dem man sonst gesponnene Wolle rot färbte. Verständlicherweise zitierte Willm gern die bekannte Insulanerweisheit »Is doch nix dummer as 'n Baadgast.«

s.a. Anmerkungen

NORDERNEYER JUSTIZ

Zu Anfang des 19. Jahrhunderts waren auf den Inseln Verbrechen fast unbekannt.

Geschäfte wurden auf Treu und Glauben abgeschlossen, einen Schuldschein hätte man als umständlich und absurd angesehen.

Auf Norderney wurde die »kleine oder innere Justiz«, wie ein Zeitgenosse berichtet, »durch den Vogt summarisch — in patriarchalisch-gemütlicher Weise — exerziert.« Der jeweilige Übeltäter wurde zur Wohnung des Vogts beordert. Der Vogt verriegelte die Tür, hielt dem Sünder noch eine kurze Standpauke, nahm den »Kantschu«, eine kräftige dicke Riemenpeitsche, gab ihm nach Gutdünken eine Anzahl Hiebe und entließ ihn alsdann mit der Ermahnung, für diesmal sei Gnade für Recht ergangen, im Wiederholungsfalle müsse er jedoch zum Amt nach Norden. Die Drohung verfehlte selten ihre Wirkung, denn dieser Weg war umständlich und kostspielig.

In leichteren Fällen mußte der Angeklagte eine Anzahl Backsteine im wassergefüllten Keller des Vogts aufstapeln und dann auf diesem Sockel eine dem Vergehen angemessene Stundenzahl in ungestörter Selbstbetrachtung absitzen, bis die von oben niederschwebende Leiter eine Vergebung der Sünden und die Rückkehr in die Oberwelt ankündigten.

JAKOBINE BEISST, JAKOB NICH

Folkert Hallen V. war in der Kaiserzeit ein bekanntes Norderneyer Original.

Im Sommer stand Folkert-Ohm häufig am Ende der Strandstraße und zeigte stolz von ihm gefangene und gezähmte Seehunde in mehreren Waschkübeln voll Seewasser.

Folkert sparte dabei nicht mit Erläuterungen.

Als er einmal ein Pärchen in getrennten Kübeln vorführte, kommentierte er:

»Die Jakob gibt auch Fuß, die Jakobine nich«, und

»Die Jakobine beißt, die Jakob nich.«

Nie vergaß er seine Rede mit der Aufforderung an die Badegäste zu beschließen:

»Immer einen Trinkgeld!«

Wenn das nichts fruchtete, wandte sich Folkert kopfschüttelnd ab mit den Worten:

»Schietvolk! — geben nix!«, was nach seiner Meinung von Hochdeutschen nicht verstanden wurde.

Die Enttäuschung

Am 12. Juni 1912 gegen Mittag schwebte der Zeppelin »Viktoria Luise« über die ostfriesischen Inseln hinweg. Das Schauspiel begeisterte die Menschen; keiner ließ sich das Ereignis entgehen.

Auf Norderney stürmten drei Nachbarinnen in die Stube des alten Kirchenvorstehers Peter-Ohm, der im »Hörn« saß.

»Opa, kaamt!«

»Wat is d'r denn?«

»Nu kaamt doch eben!«

Zwei Frauen faßten ihn an den Armen, die dritte schob nach, und schon stand Peter-Ohm am Rande des Marktplatzes.

»Kiek, Opa, dat is de Zeppelin!«

Doch unbeeindruckt strebte der Alte wieder seinem Hause zu und meinte enttäuscht:

»Ik doch, wi kregen 'n Kurgast!«

't geiht nargens maller her as in de Welt un up 't Eiland.

Gaanz Langsam!

An Deck einer Schute, die im Hafen von Norderney einem Schlepper längsseits ging, stand der Steuermann, der sich seiner ganzen Wichtigkeit bewußt war. Seit einer Viertelstunde kurbelte er das Ruder hin und her und gab Kommandos in den Maschinenraum.

»Lüttjen Slag vörut — abers gaanz langsam!«

Kaum hörbar kam die Antwort des Maschinisten: »Slag vörut — gaanz langsam . . .«

»Stop! ’n lüttjen Slag torügg — abers gaanz langsam!«

Das Echo von unten wurde noch schwächer und schon ein wenig unwirsch: »Slag torügg . . . gaanz langsam . . .«

»Stoopp! Un nu nochmal: Lüttjen Slag vörut — abers gaanz langsam!«

Die Antwort ließ diesmal auf sich warten; stattdessen erschien eine schweißbeperlte rote Glatze:

»Du kannst mi nu fix mal . . . abers gaanz langsam!«

Seenot

Um 1830 war bei Spiekeroog ein Schiff in Seenot geraten. Als das Rettungsboot zu Wasser gelassen werden sollte, erklärte der Vormann, eine Rettung sei aussichtslos, es sei auch unmöglich, die starke Brandung zu durchbrechen. Der erfahrene Seemann wußte, daß die ihm anvertraute zehnköpfige Mannschaft unfehlbar verloren gewesen wäre, und traf diese harte, für den Außenstehenden unverständliche Entscheidung sicherlich nicht leichten Herzens.

So griff auch ein zufällig anwesender Fremder den Vormann wegen seiner vermeintlichen Feigheit heftig an.

Da warf dieser dem Kritiker sein Messer vor die Füße und rief:

»Steken S’ mi lever dat Mest in d’ Bost!«

Zwei Schafe

Eine Episode aus dem Jahre 1850 zeigt die damals noch weitgehend einfachen Wohnverhältnisse auf Langeoog. Als der Pfarrkandidat Schaaf zu einer Taufe in ein Insulanerhaus kam, ertönte unmittelbar über ihm das Blöken eines Schafes.
Auf seine verwunderte Frage meinte der Hausherr:

»Tja, Herr Pastor, Schaap unnern un Schaap baben!«

Das mit Rasensoden bedeckte Dach reichte fast bis an eine Düne, und das hungrige Tier war hinaufgeklettert, um dort oben seine Nahrung zu suchen.

Küster Lükes eigene Zeit

Um die Mitte des 19. Jahrhunderts bestimmte auf Langeoog Küster Lüke die Kirchzeit. Es läßt sich nicht mehr nachweisen, ob er eine weiße Fahne hißte, die auf der Insel eine Zeitlang den Beginn des Gottesdienstes anzeigte, oder ob schon die kleine Glocke am Holzgerüst auf der »Pingelklockdüne« läutete.

Eines Sonntags kam der Superintendent vom Festland, um einen neuen Pastor in sein Amt einzuführen. Die Zeit zum Gottesdienst rückte näher. Doch kein Insulaner kam zur Kirche; auch der Küster ließ sich nicht sehen. Die beiden Seelsorger wurden unruhig. Der Superintendent ging in die Wohnung des Kirchendieners, der gemütlich bei einer Tasse Tee saß.

Verwundert hörte sich Lüke die Vorwürfe über die schon viertelstündige Verspätung an. Es warte ja noch niemand auf den Pastor, meinte er bedächtig, erhob sich aber doch und gab draußen das Zeichen zum Kirchenanfang. Und schon strömte das Volk zum Gotteshaus. Das Leben lief eben noch »na Lük' sien Tiet«. Auch der neue Pastor hat das lernen müssen.

Bademeister Otten

Casper Otten versah jahrzehntelang umsichtig und zuverlässig das Amt des Bademeisters am Langeooger Strand. Eines Tages schwamm ein Kurgast weit über das abgegrenzte Bad ins Meer hinaus. Otten blies mehrere Warnsignale. Als der leichtsinnige Schwimmer zurückkehrte, stellte er ihn zur Rede. Der Kurgast fragte Otten, ob er nicht wisse, mit wem er es zu tun habe und verwies entrüstet auf seine hohe Stellung. Ohne die Frage zu beachten, erwiderte der Insulaner:

»Und ich bin der Bademeister von Langeoog!«

Otten war ein gläubiger Mensch. Einmal wurde er darauf hingewiesen, daß er eine bestimmte Dame vom Festland mit »Gnädige Frau« anzureden habe. Daraufhin meinte der Bademeister gelassen, »gnädige Frauen« gebe es für ihn nicht, allein Gott sei gnädig.

Neueste Unterrichtsmethode

Johann Carl Gittermann (* 1816 Dornum, † 1892 Leer), Onkel des Philosophen Rudolf Eucken und mehr als zwanzig Jahre Rektor der Lateinschule in Esens, war im 19. Jahrhundert eine der bedeutendsten Gestalten des geistigen und politischen Lebens in Ostfriesland.

Bei seinen regelmäßigen Ferienaufenthalten auf der Insel Langeoog versäumte er es nie, den alten Lehrer Gerdes, einen ehemaligen Seemann, zu besuchen.

Gittermann schätzte seinen Kollegen, der gern neue Unterrichtsmethoden erprobte und dem zugleich die geistige Versorgung der Inselbevölkerung oblag. Denn damals gab es auf Langeoog keinen ständigen Pfarrer, nur zu hohen Festtagen und besonderen Gelegenheiten kamen Geistliche vom Festland oder den Nachbarinseln.

Als Gittermann eines Tages an der Inselschule vorbei kam, erscholl aus dem Klassenraum ein ohrenbetäubendes, nicht endenwollendes Geschrei.

Neugierig fragte der Rektor seinen Kollegen nach der Ursache des Spektakels. Gerdes erklärte stolz:

»Ich habe für meine Jungens nach der neuesten Methode eine Stunde stiller Denkübungen eingerichtet.«

»Dicht bi« und »Wiet weg«

Wangerooge gehört zwar zu Oldenburg, zählt jedoch zu den Ostfriesischen Inseln.

So mag diese kleine Geschichte hier erzählt werden:

Um die Jahrhundertwende lebte auf Wangerooge ein Postschaffner namens Christians. Zu seinen Aufgaben gehörte auch das Sortieren der Sendungen. Da er in seinem Leben nie von der Insel heruntergekommen war und seine geographischen Kenntnisse allenfalls bis Jever reichten, verteilte er die Post der Einfachheit halber auf zwei Stapel, einen kleinen »dicht bi« und einen großen »wiet weg«.

Insulanerkeuschheit

Vor gut hundert Jahren signalisierte der Kapitän des Fährschiffes Bensersiel-Langeoog kurz vor der Ankunft auf der Reede der Insel durch Flaggen die Anzahl der Wagen, die vom Dorf kommen mußten, um die Passagiere von Bord zu holen.

Eines Tages ging ein älteres Mädchen neben einer nur zum Teil besetzten Kutsche her, ungeachtet der Untiefen, des nachgiebigen Sandes und scharfkantiger Muschelschalen. Wiederholte Aufforderungen, in den Wagen zu steigen, fruchteten nichts.

Verwundert fragten die Fahrgäste den Kutscher nach der Ursache ihrer Beharrlichkeit.

»Nun«, erwiderte der Insulaner gleichmütig, »die würde lieber bis an den Gürtel durch's Wasser gehen, als sich zu einer Mannsperson auf die Bank im Wagen zu setzen. Das ist keine Albernheit, die Sitte gebietet es, und kein Mädchen unserer Insel würde es anders machen.«

Du Tyske Satan

Während des deutsch-dänischen Krieges wagten der ostfriesische Kapitän Groot und sein Sohn Hannes mit ihrer Tjalk »Jantje« eine gefährliche Schiffsreise: In einer Mainacht des Jahres 1864 segelten sie von Memel aus durch die jütischen Gewässer, um einen Nordseehafen zu erreichen.

In der Morgendämmerung wurden sie von der Besatzung eines feindlichen Kreuzers entdeckt. Ein fünfköpfiges Prisenkommando kam an Bord, und Groot erhielt Befehl, einen dänischen Hafen anzulaufen.

Während der Fahrt verschlechterte sich das Wetter; die Temperatur fiel, und die Dänen froren und fluchten. Groot erkannte seine Chance. Heimlich gab er seinem Sohn eine Anweisung. Hannes verschwand unter Deck, kam nach einer Weile zurück und lud die ungebetenen Gäste zu einem Grog ein. Die Dänen ließen sich nicht lange nötigen und folgten ihm in die Kombüse. Hannes schenkte eifrig nach, und die Stimmung wurde immer fideler. Nach gut zwei Stunden kam er grinsend nach oben.

»So, Vader, de Keerls hebben de Mors up Hacken!« sagte er, holte einen Hammer und nagelte die Kombüsenluke zu. Erleichtert warf Groot das Steuer herum. Die »Jantje« nahm Kurs auf Kiel.

»Du tyske Satan! Du tyske Satan!« brüllten die Dänen, als sie in der Nacht aus ihrem Rausch erwachten und vergeblich versuchten, die Luke aufzustemmen. Erst im Kieler

Hafen wurden sie unter dem Jubel der Garnison aus ihrem Verlies befreit.

Als die beiden Ostfriesen abends beim Grog saßen, hob Vater Groot das Glas und meinte trocken:

»De was goot, Hannes, du tyske Satan!«

s.a. Anmerkungen

Ein verhindertes »Duell«

Ein ostfriesisches Muttschiff, das mit einer Ladung Faschinen den Nordgeorgsfehn-Kanal befuhr, geriet um 1900 bei der Durchfahrt durch die Eisenbahndrehbrücke bei Stickhausen-Velde auf Grund. Vergeblich bat der Brückenwärter den Schiffer, etwas von der Decksladung zu entfernen, damit der Mast gesenkt werden könnte; er müßte die Brücke schließen, denn in einer Viertelstunde käme der Schnellzug von Berlin nach Norddeich.

»Dat is mi nettgliek, of dar 'n Zug van Berlin kummt of van Rom«, rief der Schiffer.

»De Keerls in Ollnbörg sünd dar schuld an, dat ik mit mien Pogge festraakt bün. Ik wacht up de Floot.«

Schon kündete das Läutewerk den nahenden Zug.

Da eilte von Stickhausen her der Schrankenwärter herbei. »Schipper«, schrie er schon von weitem, »wenn du nich futt darför sörgst, dat du dien Mast dal kriggst, kapp ik hum mit mien Ext off.«

Jetzt gab der Schiffer nach. Dem Zug, der schon Pfeifsignale gab, konnte »freie Fahrt« gegeben werden. Der Bahnwärter erhielt später einen Großherzoglich-Oldenburgischen Orden.

s.a. Anmerkungen

Wat 'n Wind, sä de Schipper, do scheet he in 't Seil.

Vörenn Un Achterenn

En Tjalkschipper harr en neij Jung kreegen. De was heelnich tofree mit de lange Arbeitstieden un he was bold an 't Proten van Gewerkschaft un . . . tig-Stünnen-Week.

»Dar will 'k nix van hören«, sä de Schipper, »bi mi gellt: All wat för de Mast is, dat is dien, un all wat d'r achter is, dat is mien, dat mark di man.«

's namiddags, se laggen moij bi halve Wind, keek de Jung na de Ühr, dat was Klock fiev.

»Nee«, doch he, »na d' Gewerkschaft mutten wi nu uphören.«

He maakde dat Ankergeschirr klar un smeet de Anker weg. De Käpt'n keek verbaast un bölkde:

»Du verrückte Keerl, du mall' Swien, wat fallt di in?!«

»Ja Kaptein«, meende de Jung, »ik gah nu mit mien Vörenn vör Anker, maak du mit dien Achterenn, wat du wullt.«

Iesdern Gesundheit

Gerd Snuut was bold veertig Jahr to See fahren. Nu harr he 't Rieten in de Knaken kregen un muß an Land blieven. As Gerd's Frünnen hum fraagden, wo 't denn nu wall kamen was, dat he sien Teerjacke för immer harr uttrecken mußt un wo denn de letzde Reis' west weer, vertellde he:

»Uns' Fiskdamper lagg mit 'n lüttje Kedelhaveree noordoost van Island, dicht bi Jan Mayen vör Anker. 't was Sönndag, en warme Sömmerdag, blot twalf Graad Kolle.

Ji mutten weten, dat wi in de letzde Tiet stadelk so um dartig Graad unner Null hatt harren.

De See was so blank as 'n Spegel, kien Spier Krüseln up 't Water. As ik nu so in Gedanken an de Reling satt, kreeg ik up 'n mal so 'n Jank na 'n lecker Sönndagsbraa. Elker Dag Fisk, de Minsk will ja ok mal 'n bietje wat anners in de

Pott. Ik maakde uns lüttje Biboot klar un wull na 't Eiland Jan Mayen röver, Sneehasen of Sneehohners scheten. Nu was ik al en Verdelstünn unnerwegs, do sach ik mit 'n mal 'n Walfisk, de liek up mien Boot tostüürde. Gott's Dunner, he kwamm heel dicht bi, un ehrder dat ik hum dootscheten kunn, floog ik al mit mien Bootje in de Lucht un futt weer runner in 't ieskolle Iesmeer.

Dar gaff 't nu anners nix to överleggen, ik swamm eenfach an de Walfisk ran un klauterde up sien Rügge. Dor satt ik ja nu hooch un dröög as 'n Rieder up 't Peerd un weih mit mien grode, rode Snuufdook, wat ik man eben kunn, dat de Lü van uns' Damper mi to Hülp' kamen sullen.

Ik sach noch nett, dat se 'n Boot to Water leten — Saterdag! dar duukte mien Walfisk unner un ik mit hum. Ik wuß wall, dat he na 'n körte Settje weer hooch muß, Lucht to halen. So bleev ik gerüst up de weke Speckrügge sitten. Harr 'k dat man laten, denn bi mien Unnerseereis' kunn 't nich utblieven, dat ik männich Liter Water sluukde, un dat sull mien Verdarv worden.

Ji weten all, dat Iesen dör Water rüsterg word. Nu harr ik 'n iesdern Gesundheit, kiek, un de is van dat dalsluukde Water rüsterg worden.

Van binnen bün ik nu heel un dall verrüßt, nett as olt Iesen, dat 'n in de Winkel smitt. Dor ligg ik nu ok un kann nich vööl mehr as mien Slaatje mal up Stüürboordsiet un mal up Backboordsiet leggen.

Lü, Water drinken is 'n Unglück för 'n Minsk mit iesdern Gesundheit.«

s.a. Anmerkungen. Weitere Insulaner-Anekdoten enthält Band I (S. 95-100 u. 102)

All' Frachten lichten, sä de Schipper, do smeet he toeerst sien Wiev över Boord.

Dör de Kehl geiht vööl, sä de Schipper, do harr he sien Dreemastschipp versopen.

Seemannsleven — Freemannsleven.

Stromdal un vör de Wind is good seilen.

'n Mann over Bord is 'n Freter minner.

En Schipp up de Strand is 'n Bake för de annern.

De beste Stüürlü sünd an Land.

Pick un Teer is Seemanns Ehr.

Haaske-Möh, mien leve Kind, wat is 't 'n Eilandsleven.

De Mussel is 'n goot Fisk, wenn d'r anners nix is.

Elk wat van de Stockfisk, sä de Jung, do namm he 't all.

Unner de Schaar van 't Seil is goot sitten.

In de Beck verdrinken mehr as in de See.

Ik holl mi an de Mast, sä de Matros', as hum bi Seenoot een toreep: Holl di an Gott.

Von alten Zeiten

Ik Sall' t An De Mester Seggen

As nu de Karktoorn van Marienhaav kant un klaar was, hebben sük de Minschen in de heele Kuntrei freit. Up 'n Fierdag sünd dar vööl neesgierige Lü tosamen kamen, um dat Wark to bekieken. Dar wassen ok twee Klosterschölers bi.

De beiden hebben mit'nanner wedd', well as de Eerste up Holsken de Toorn hooch klautern kunn. As nu de een knapp wunnen harr, wull de anner dat nich gellen laten. So fungen se an, sük dar boven to kiffken, un darbi schoov de een de anner over de Toornkaant.

Man, Gott's Wunner, he kweem lebennig unnern an, blot sien Holsken wassen kött. As he nu weer upstahn was, sach he sien Kumpaan dar boven up de Toorn stahn. Dar reep he hum up Latiensk to:

»Per deum sanctum, ego dicam praeceptori.«

Dat sull heten:

»Bi Gott, ik sall 't an de Mester seggen, dat du mien Holsken stücken maakt hest.«

Der Bettler Zu Marienhafe

In alten Zeiten kam ein Bettler nach Marienhafe. Voller Staunen stand er vor dem hohen Turm und beschloß, hinaufzusteigen.

Als er schließlich außer Atem oben angekommen war, ließ er seine Augen über die schmucken Häuser des Fleckens und die weite grüne Marsch schweifen. Da brach es aus ihm hervor:

»Leve Gott, wo ungliek hest du doch dien Gaven utdeelt! Alle Minsken dar unnern hest du Huus un Hoff geven, man för mi harrst du blot 'n Bedelsack.«

Es war ein schwüler Sommertag, dunkle Gewitterwolken zogen auf.

Plötzlich kam ein heftiger Wirbelwind, faßte unter die Kleidung des Bettlers und riß ihn über die Brüstung.

Er hatte Glück und fiel in einen Sandhaufen am Fuße des Turms. Als er sich mit schmerzenden Gliedern erhoben und besonnen hatte, sagte er:

»Leve Herr, kien Woort düür 'k seggen un futt hest mi bi 't Kanthaak!«

s.a. Anmerkungen

Die Finte des Focko Ukena

Im Jahre 1431 hatte sich der Häuptling Focko Ukena vor seinen Widersachern, den verbündeten ostfriesischen Häuptlingen unter den Brüdern Edzard und Ulrich Cirksena, nach Leer in seine Hauptburg zurückgezogen.

Fast sechs Monate hielt er stand und ließ von Zeit zu Zeit den feindlichen Wachen ein Brot zuwerfen, um große Vorräte vorzutäuschen. Schließlich sandten die Belagerer einen Trompeter, der ihn zur Übergabe aufforderte.

Focko Ukena führte den Unterhändler jedoch in den Keller, zeigte ihm zahlreiche, mit Lebensmitteln gefüllte Fässer und sagte: »Sieh da, mein Trompeter, Mundvorrat in reicher Fülle. Ihr werdet zum Sommer den Winter hinzunehmen müssen.«

Unter dem Hohn des Häuptlings und seiner Leute kehrte der Trompeter ins Lager zurück. Der listige Focko Ukena hatte jedoch die Fässer umdrehen und ihre Böden mit den letzten Nahrungsmitteln bedecken lassen.

Die Gegner ließen sich jedoch nicht nasführen, und Focko Ukena mußte schließlich aufgeben. Nachts überquerte er mit einem Begleiter in einem leeren Faß den Burggraben, schlich sich durch die gegnerischen Wachen und entkam ins befreundete Münsterland.

Die Butterkanone

Im Verlauf der Fehde zwischen dem Grafen Edzard und der Stadt Groningen scheiterte im Jahre 1501 ein Versuch des Grafen, die stark ausgebaute Festung Muiden an der Fivel (heute Damsterdiep) zu erobern.

Der Kommandant Johann Hoetfilter, ein Hutmacher aus Groningen, lehnte vorerst eine Übergabe ab. Daraufhin ließ Edzard die Burg durch die Drosten von Leerort und Stickhausen, Sibo Haykens und Otto Papen, belagern. Er selbst zog mit den verbündeten sächsischen Truppen vor die Tore Groningens.

Die beiden Drosten erkannten bald, daß Jan Hoetfilter mit etwas Kriegsglück durchaus zur Kapitulation gebracht werden konnte und verfielen auf eine List. Sie ließen aus dem nahegelegenen Kloster Wittewierum die größte Butterkarne holen, auf ein Radgestell legen und mit sechs Pferden in Sichtweite der Festung bringen. Als die Groninger die Öffnung des Butterfasses auf sich gerichtet sahen und die Belagerer das vermeintliche Riesengeschütz gefechtsbereit machten sowie Vorbereitungen für einen Sturm auf die Burg trafen, sank ihr Mut.

Jan Hoetfilter hielt als Zeichen der Verhandlungsbereitschaft auf einer langen Stange seinen Hut heraus. Die Burg wurde ohne Blutvergießen übergeben, die Befestigungen geschleift, und Hoetfilter durfte unter dem Spott der Ostfriesen nach Groningen ziehen, damit er — wie Beninga kommentiert — sein Amt weiter ausüben konnte, da er sich so tapfer gegenüber dem »schweren Geschütz« erwiesen habe.

Holl di an 't elfte Gebot: laat di neet verblüffen.

Nicht für die Ewigkeit

Als um 1520, gegen Ende der Sächsischen Fehde, das Land verwüstet daniederlag, wollte eine Witwe in Upgant im Brokmerland einen Backofen bauen lassen. Der Maurermeister Siebold Freese erklärte sich auch bereit, verlangte und erhielt jedoch der unsicheren Verhältnisse wegen eine Vorauszahlung. Als der Bau fast fertig war, stellte der Meister fest, daß er kein brauchbares Holz für die Wölbung des Ofens auftreiben konnte. Kurzerhand formte er aus Kohlstrünken und Schilfrohrbündeln, die auf dem Hofe trockneten, ein leichtes Gewölbe. Nach vollbrachtem Werk machte er sich auf den Weg.

Die Freude der Witwe währte nicht lange. Als sie den Ofen anheizte, standen Schilfrohr und Strünke auch schon bald in Flammen und der Ofen fiel in sich zusammen. Die Frau eilte dem Meister nach und beklagte sich. Der Mann zuckte nur die Schultern und sagte gelassen:

»Wat kann ewig düren?« und ging weiter.

s.a. Anmerkungen

Eine Köpenickiade

Am 23. August 1600 lief ein für Hamburg bestimmtes Schiff, das der Sturm zu weit nach Westen verschlagen hatte, Emden als Nothafen an. An Land ging eine Gruppe von Reisenden, die sich als Gesandte des persischen Schahs Abbas an Rudolf II. ausgaben. Sie hätten den Auftrag, mit dem Kaiser über ein Bündnis gegen die Türken zu verhandeln.

Ihre Reiseroute klang seltsam: Sie seien nicht ohne Beschwernisse über das Kaspische Meer, die Wolga hinauf bis Moskau gefahren, dann zu Lande durch Litauen nach Ostpreußen gelangt und hätten sich nach Hamburg eingeschifft, um von dort nach Böhmen weiterzureisen.

Graf Enno III. nahm die Fremdlinge auf, bewirtete sie fürstlich und entließ sie mit allen Ehren, nicht ohne dem kaiserlichen Hof Ankunft und Abreise der Besucher zu melden. Statt des erwarteten Lobes kam jedoch scharfer Tadel. Graf Enno hätte besser daran getan, die Fremden, die Betrüger gewesen seien, anzuhalten, statt ihnen freien Durchzug zu gewähren.

Zugleich ordnete Rudolf II. an, Unbekannte künftig nicht mehr unkontrolliert passieren zu lassen. Im Februar 1601 befahl daraufhin Graf Enno dem Emder Magistrat, ihm bzw. seinem Drosten allabendlich eine Liste der eingetroffenen Fremden vorzulegen.

Als die Emder sich weigerten, dem nachzukommen und beim Reichskammergericht zu Speyer Beschwerde einlegten, wandte sich der Graf an den Kaiser, der die Stadt Emden mit einem scharfen Mandat bei Androhung der Reichsacht auf ihre Pflichten verwies. Nach jahrelangem Hin und Her behielten jedoch die Emder die Oberhand.

Der Starke Balz

Die besondere Vorliebe Friedrich Wilhelms I., des Soldatenkönigs, galt großen Männern, die er in seine Leibwache, die Potsdamer Garde, einreihte.

So kamen preußische Werber um 1730 auch nach Ostfriesland. In der Gegend von Holtrop wohnte damals ein Mann von ungewöhnlicher Kraft und Körpergröße, »Stark Balz« genannt.

Als die Werber von ihm hörten, besuchten sie ihn, ohne sich zu erkennen zu geben. Balz bewirtete die Fremden freundlich, roch jedoch bald Lunte. Als sie nun am Herdfeuer saßen, nahm Balz den eisernen Feuerhaken, stocherte damit in der Glut und bog ihn dann spielerisch zu einer Spirale. Das imponierte den Werbern.

»Och, dat is noch gar nix«, griente Balz, nahm den Stuhl, auf dem der dickste der Besucher saß und stemmte ihn mit einem Arm hoch. Das war den Werbern nun doch zu viel, sie verabschiedeten sich bald und wurden in der Gegend nicht mehr gesehen.

s.a. Anmerkungen

Den Braten gerochen

Eine Diebesbande aus dem oldenburgischen Zetel trieb um 1750 ihr Unwesen im benachbarten Amt Friedeburg. Eines Tages kam dem Friedeburger Amtmann von der Capelle zu Ohren, daß in einem abseits gelegenen Bauernhof verdächtige Gestalten aus- und eingingen. Er ließ das Haus beobachten und spätabends von einem Aufgebot umstellen.

Drinnen war eine fröhliche Runde versammelt, die ein gebratenes Lamm verzehrte, das dem Amtmann gestohlen war. Voller Spott sangen sie:

»O, Lamm Gottes, unschüllig,
wenn Drost Capelle dit wüßt,
denn wurr he ungedüllig.«

Von der Capelle trat hinzu und sagte:
»Ungedüllig bruukt de Drost nich mehr to worrn, he is dor al«, und lochte die Sänger ohne viel Federlesens ein. Von der Zeit an gingen die Diebstähle im Amt Friedeburg merklich zurück.

s.a. Anmerkungen

Bange bün ik neet, man lopen kann ik.

Die Flinten-Mahlzeit

Zur Zeit des Alten Fritz bereiste ein preußischer Beamter das Rheiderland. Abends kam er mit einem Diener müde und hungrig in einer Ortschaft an.

Er bat bei einem Bauern um Gastfreundschaft und Nachtlager. Der Landmann und seine Frau nahmen von den ungebetenen Gästen kaum Notiz und ließen sich auch von Rang und Namen nicht beeindrucken. Ein Quartier sei wohl vorhanden, aber die Zeit für das Abendessen längst vorbei. Der Fremde sah sich ratlos um und fragte den Bauern, ob man in der Nähe wohl kleine Steine finde.

»Wat? Flinten? Wat will He dormit?«

»Kochen, wenn Ihr mir den Topf dazu leiht!«

»Kann angahn!« sagte der Bauer und dachte dabei: Dat is ja en Düvelskerl!

Die Steine wurden gesammelt, der Diener reinigte sie und legte sie in einen Topf, der über dem offenen Herdfeuer hing. Mittlerweile hatte sich das Hausgesinde neugierig in der Wohnküche versammelt.

Milch, ein wenig Mehl und ein paar Eier wären ganz gut, ohne diese Beigaben würden die Flinten trocken bleiben, wandte sich der Fremde an die Hausfrau, die ihr Mißtrauen überwand und die Zutaten holte.

Der Diener schürte kräftig das Feuer, lüftete zuweilen den Topf und gab seinem Herrn einen Wink. Der nahm aus dem Küchenschrank Löffel und Geschirr, rührte umständlich einen Brei aus Milch, Mehl und Eiern zurecht und schüttete ihn vorsichtig über die Flinten.

Als die Mahlzeit auf den Tisch kam, waren die Steine unter dem delikaten Überzug nicht mehr zu erkennen. Staunend sahen die Hausbewohner, wie sich der Beamte und sein Begleiter das Essen schmecken ließen und am Ende die übriggebliebenen Flinten mit den Worten »Keine Kraft mehr drin, gesegnete Mahlzeit!« beiseite schoben.

Der Bauer im »Hörn« mußte sich schweigend eingestehen, daß ihn die beiden Fremden überlistet hatten. Am nächsten Morgen ließ er ihnen ein köstliches Frühstück servieren, und man schied voneinander in bester Freundschaft.

s.a. Anmerkungen

SATERLÄNDER

Das Saterland gehört zum benachbarten südoldenburgischen Kreis Cloppenburg. Da sich jedoch in der Sprache der Saterländer, dem Saterfriesischen oder Seeltersk, Reste des Altostfriesischen lebendig erhalten haben, sollen hier zwei Anekdoten aus dem Saterland folgen.

Clemens August, Fürstbischof von Paderborn und Münster und Kurfürst von Köln, ließ in den Jahren 1737 - 1747 durch seinen Oberbaudirektor Johann Conrad Schlaun das barocke Jagdschloß Clemenswerth errichten.

Eines Tages unterhielt sich Clemens August nach einer Parforce-Jagd mit seinen Gästen über die Besonderheiten seines Reiches. »Ich regiere über ein Völkchen, dessen Sprache niemand von Ihnen versteht«, sagte er. Die Jagdgäste wollten das nicht glauben und wetteten um eine beträchtliche Geldsumme.

Clemens August ließ Hinnerk Willms, einen alten Bauern aus Scharrel, kommen, der vor den vornehmen Herren folgenden Satz sprach:

»Ik wüll ätter 'n Isk wai to tiljen, man do ron mi dät Jool uten Ploogstal ute, un ik moaste wier ätter Huus.«
Die Jagdgäste verstanden die Worte nicht und gaben sich geschlagen. Clemens August schenkte die Wettsumme dem Scharreler, der Folgendes gesagt hatte: Ich wollte zum Esch hin, um (Stoppeln) zu pflügen, aber da lief mir das Rad vom Pfluggestell, und ich mußte wieder nach Haus.

Zur Zeit der Kontinentalsperre brachten drei Scharreler Konterbande mit einem Schiff nach Leer. Dabei wurden sie von französischen Zöllnern überrascht. Ein Schiffer wurde festgenommen, verhört und in einer Herberge unter Arrest gestellt. Seine Landsleute erfuhren, daß er anderntags nach Groningen gebracht und dort erschossen werden sollte. Die beiden Scharreler betraten die Herberge und unterhielten sich laut auf Seeltersk, so daß der Gefangene ihre Worte verstehen konnte. Sie warnten ihn:

»Ju wollene di mäiden ätter Groningen brange un di där doot schjote.«

Als der Arrestant das vernommen hatte, versuchte er sich davonzustehlen. Er zog seine Holzschuhe aus und schlich sich auf Strümpfen aus seinem Gewahrsam. Die Zöllner bemerkten die Flucht, schossen aber vergeblich hinter ihm her. Wohlbehalten kehrten die drei Saterländer nach Hause zurück.

Die Wundersame Verwandlung

Diese Geschichte ereignete sich vor mehr als zweihundert Jahren. Ein Mädchen erhielt eines Tages von einer alten Frau, die einen schlechten Leumund hatte, einen wunderschönen Apfel geschenkt.

Der Ruf der Schenkerin bewog das Mädchen, die Frucht in einer zinnernen Kanne aufzubewahren. Als sie am nächsten Tag den Krug öffnete, um den Apfel zu zeigen, saß eine Kröte darin.

Ein Spaßvogel hatte den Apfel herausgenommen und durch eine Kröte ersetzt.

Das Ereignis schien jedoch allen Beteiligten so seltsam, daß man nicht mehr an einen natürlichen Vorgang glauben wollte.

Der Pastor wurde gerufen und die Geschichte vorgetragen. Der Seelsorger war unschlüssig. Zwar hatte er schon häufig eine natürliche Begebenheit als Wunder bezeichnet, war aber noch nie in die Verlegenheit gekommen, etwas natürlich zu erklären, was allgemein als Wunder angesehen wurde.

So konnte er nicht anders, als die Hände über dem Kopf zusammenschlagen und rufen: »Ja, Gott bewahr mi, van dien Appel is 'n Puur worden!«

Ab Heute Heisst Ihr Meyer!

Die im Jahre 1795 von Willm Rolf Meyer gegründete Meyer-Werft im emsländischen Papenburg entwickelte sich vor allem im 20. Jahrhundert zu einem der führenden deutschen Spezial-Schiffbauunternehmen. Kaum bekannt ist, daß die Vorfahren der heutigen Besitzer ursprünglich Jansen hießen und aus Ostfriesland stammten.

Die Familienchronik berichtet, daß die Jansens im 17. Jahrhundert am Völlener Wehrdeich lebten. Eines Tages las der Schiffszimmermann Henrich Jansen ein Plakat, das der Papenburger Drost Hermann Matthias im südlichen Ostfriesland und den niederländischen Grenzgebieten hatte anschlagen lassen. Jeder, der »Lust und Lieb haben mögte«, solle sich in der aufblühenden Fehnkolonie niederlassen. Die Bedingungen waren günstig. Der Drost versprach den Neusiedlern Freiheit von Schatzung und Steuern, sofern sie bereit seien, den Kanal zu unterhalten und jährlich eineinviertel Reichstaler sowie zwei Hühner als Anerkennung der grundherrlichen Rechte zu zahlen.

Nach reiflichem Überlegen folgte auch Henrich Jansen dem verlockenden Angebot. 1790 überschritt der evangelisch getaufte Ostfriese die auch heute noch bestehende Konfessionsgrenze zum überwiegend katholischen Emsland und meldete sich beim Papenburger Ortsgeistlichen, der das Einwohnerregister führte. Der Pfarrer schien jedoch weder von Namen noch Bekenntnis des Neubürgers begeistert und entschied ohne langes Nachdenken und ohne Widerspruch lapidar:

»Jansens habe ich schon genug in der Gemeinde. Ab heute heißt Ihr Meyer und seid katholisch!«

Vereinigung

Das Klootschießen war um 1800 häufig ein Anlaß zu Volksfesten mit wilden Gelagen, Triumphzügen und wüsten Schlägereien. Mehrfach wurde der Sport von den jeweiligen Landesherren verboten, ließ sich aber letztlich nicht auf längere Zeit unterdrücken.

So endete auch im Winter 1833 ein Feldkampf zwischen Jeveranern und Wittmundern mit einer wüsten Prügelei in den Straßen der oldenburgischen Stadt Jever.

Die Ostfriesen glaubten sich um den wohlverdienten Sieg betrogen. Sie demolierten die Einrichtung der Gastwirtschaft des jeverschen Bahnweisers Göke Meins Remmers und versuchten schließlich in das Amtshaus einzudringen, um die dort hinterlegte Wettkampfsumme von zweihundert Talern gewaltsam an sich zu bringen.

Der arg bedrängte Oberamtmann Toel verlas die Aufruhr-Akte des oldenburgischen Großherzogs, aber die Wittmunder blieben unbeeindruckt und schrien: »Wat geiht uns Jo Herzog an? Wi hebben 'n König!« Als ihr Rädelsführer dem Amtmann mit den Worten »Riet de Keerl de Pans' open!« ernsthaft zu Leibe rücken wollte, zog ein Dragoner den Säbel, traf jedoch nicht den Ostfriesen, sondern hieb einem hinter ihm stehenden jeverschen Bürger namens Hinnerk Müller das rechte Ohr ab. Die Hörmuschel wurde von einem geschickten Arzt wieder angenäht, der Jeveraner hieß jedoch fortan »Ohr-Müller«.

Vor ihm waren bereits zwei andere Bürger als »Löwen-Müller« und »Gewitter-Müller« in die Lokalgeschichte eingegangen.

Als nun auch noch die Glocken Sturm läuteten und unter Trommelwirbel das jeversche Schützenkorps anrückte, ergriffen die Wittmunder die Flucht.

Der Anführer wurde später festgenommen und mußte eine längere Gefängnisstrafe verbüßen.

Seitdem herrschte erbitterte Feindschaft zwischen Jever und Wittmund. Erst nach Jahren trafen sich die Honoratioren der beiden Nachbarorte zur Versöhnung im Aseler »Karmelkskroog« an der oldenburgisch-ostfriesischen Grenze.

Das Gasthaus hieß fortan »Vereinigung«; das neue Wirtshausschild zeigte zwei verschlungene Hände, den jeverschen Löwen und die Wittmunder Peitschen.

Windgeld

Phantasie im Erschließen neuer Steuerquellen bewies in früherer Zeit der Emder Magistrat.

Kaufmann und Senator Claas Tholen (1767 - 1845) betrieb drei Windmühlen, zwei Ölmühlen (»Nieuwe Olyvat« und »Eendragt«) am Treckfahrtstief und eine Sägemühle (»De Hoop«) am alten Wolthuser Tief.

Damit der Wind für die Mühlen nicht abgehalten wurde, ließ die Stadt regelmäßig die Bäume auf dem Wall beschneiden. Sie erhob jedoch ein »Windgeld«, so daß es im Volksmund lange hieß:

»Do was nix ok al düür.«

Hoger Up!

Nicht nur im Rheiderland kennt man die Redensart »Hoger up«, die hier auf folgende Geschichte zurückgeführt wird.

Zu Anfang des 19. Jahrhunderts legte die Königliche Fähre von Petkum nach Ditzum häufig am Pogumer Duckeldamm an. Der Duckeldamm, eine niedrige Buhne, sollte zwar vom Fährmann unterhalten werden, war aber in schlechtem Zustand und als Anleger wenig geeignet. Die Fahrgäste stürzten häufig von der Laufplanke in das seichte Wasser und mußten auf dem Damm mühsam von Stein zu Stein balancieren, um nicht in den Schlick zu sinken.

Eines Tages kam ein älterer, angesehener Mann in Begleitung seiner erwachsenen Tochter mit der Fähre von Petkum. Die Tochter, im Sonntagsstaat, nahm beim Aussteigen vorsichtig ihr Kleid auf, trat jedoch fehl und versank im Schlick. Der würdige Greis stand noch im Schiff, sah seine Tochter in den Mudder sinken und rief ihr zu: »Hoger up!« Da ihre Röcke jedoch ungeachtet aller Bemühungen immer noch den Schlamm berührten, rief er immer wieder: »Hoger up, hoger up!« Die Ermahnung wurde von der gehorsamen Tochter so lange befolgt, bis es der Anstand nicht mehr zuließ, die Kleider höher zu schürzen.

Ik Trouwe Dien Hond Niet

Als holländische Truppen im Jahre 1806 die seinerzeit preußische Provinz Ostfriesland besetzten, sprach ein preußischer Beamter bei dem holländischen Befehlshaber, Generalleutnant Daendels, vor, empfahl seine Dienste und schmähte zugleich seinen bisherigen Dienstherrn.

Der Holländer erwiderte kühl:

»Myn Heer, ik trouwe dien Hond niet, die zyn ouden Heer byt.«

Die Abfuhr sprach sich mit Windeseile im Lande herum und trug Daendels Achtung und Vertrauen ein.

De neet olt worden will, mutt sük froh hangen.

Timmeler Französisch

Als Ostfriesland zu napoleonischer Zeit unter französischer Verwaltung stand, kam es in der Amtsvogtei Timmel zu Unruhen bei den Schiffern. Die Seeleute in den Fehndörfern weigerten sich, als Soldaten in fremde Dienste zu treten.

Eines Tages kündigte ein hoher Abgesandter Napoleons seinen Besuch an. Der Timmeler Bürgermeister erhielt Order, für einen angemessenen Empfang zu sorgen. Die Dorfjugend sollte eine lautstarke Jubel-Kulisse abgeben. Der Prediger und Lehrer des Ortes wurde beauftragt, den Kindern die Huldigung »Vive l'empereur« einzupauken und den Kaiser der Franzosen hochleben zu lassen.

Die Bemühungen des Geistlichen, den in der französischen Sprache ungeübten Fehntjerkindern einen stimmungsvollen Hochruf zu entlocken, scheiterten kläglich und ergaben ein unverständliches Kauderwelsch.

Mit Hilfe eines Amtsbruders, der von der drohenden Blamage erfuhr, wandte sich der Prediger in seiner Not an einen weitgereisten Kapitän aus Boekzetelerfehn, der dafür bekannt war, in heiklen Situationen Rat zu wissen.

So war es auch hier. Einen Tag vor der Ankunft des Franzosen versammelte der Fahrensmann die Dorfjugend in der Timmeler Schule und schrieb bedächtig drei bekannte plattdeutsche Wörter an die Tafel: Olt Wiev — Traanlamp — Obendröhr (Altes Weib — Tranlampe — Ofenrohr).

Bei starker Betonung der letzten Silben mußten die Kinder die drei Worte viele Male nachsprechen. Dann wischte der Fehntjer die Anfangssilben von der Tafel und ließ das übriggebliebene »Wiev — Lamp — Röhr« solange ausrufen, bis es dem französischen »Vive l'empereur« täuschend ähnelte.

»Besser als in Paris« lobte am anderen Tag der nichtsahnende Abgesandte Napoleons den Timmeler Willkommensgruß.

PREUSSENSCHNAPS

Nach dem Zerfall der napoleonischen Herrschaft zog im November 1813 eine Abteilung Kosaken durch Ostfriesland.

Ein Soldat verlangte in einer Wirtschaft in Holtriem bei Esens einen scharfen Schnaps. Als ihm der vorgesetzte Genever nicht genug den Hals kratzte, mischte der findige Wirt in das zweite Glas heimlich einen Tropfen Salzsäure. Zufrieden ging der Russe hinaus. Kurz darauf stürmten andere Kosaken den Schankraum, jedoch nicht, um den Ostfriesen zur Rechenschaft zu ziehen, sondern um gleichfalls den vortrefflichen »Preußenschnaps« zu probieren.

ZINSKENFEHN

Wo heute Zinskenfehn liegt, wohnten vorzeiten auf weiter Heide zwei alte Frauen: Hilk-Möh und Zinsk-Möh. Beide wollten gern ihrer kleinen Ansiedlung einen Namen geben, konnten sich jedoch lange nicht über die Benennung einig werden, denn jede bestand darauf, daß der Ort nach ihr genannt werden sollte.

Schließlich beschlossen sie, die Streitfrage durch ein Ochsenwettrennen zu entscheiden. Das Ziel sollte die Schwarze Riede, ein Wasserlauf, sein. Hilk-Möh und Zinsk-Möh bestiegen ihre beiden Ochsen und feuerten die ungewöhnlichen Reittiere zu schnellem Lauf an. Zinsk-Möhs Ochse rannte schneller, und so hieß die Ansiedlung von nun an Zinskenfehn.

Olt worden is keen Künst, man lang leven un neet old worden, dat is de Künst.

ZWISCHENBERGEN

Anfang des 19. Jahrhunderts erhielt die 1783 gegründete Moorkolonie östlich von Strackholt den Namen Zwischenbergen. Die ungewöhnliche Ortsbezeichnung in einer Gegend, in der es keine Berge gibt, geht auf den damaligen Oberamtmann Zimmermann vom Auricher Amtsgericht zurück. Der Amtmann sprach gern platt und verstand sich gut mit einfachen Leuten.

Eines Tages erschienen bei Zimmermann die ersten Kolonisten der neuen Siedlung. Bei der Aufnahme des Verhandlungsprotokolls stellte er die Frage:

»Ja, Lü, nu seggt mi ins, wo heet dat denn, wo ji wahnen?«

»Ja, Herr Oberamtmann, wi wahnen achter Strackholt!« sagten die Leute vom Moor.

»Man dat könen wi nu doch neet in 't Protokoll schrieven: achter Strackholt«, meinte Zimmermann, »harr ji dor denn keen Water of 'n Holt of 'n Höcht' of so wall wat, wor wi dat na nömen könen?«

Die Leute überlegten und schüttelten mit dem Kopf: »Nee!«

Schließlich meinte einer:

»Wi wahnen dor in de leeg' Bullmeed' tüschen de Voßbarg un de Windbarg!«

»Süh, Lü«, schmunzelte Zimmermann, »dat kummt ja unnösel goot ut. Denn nömen wi jo Husen dor achter Strackholt »Zwischenbergen«! Is jo dat recht?«

»Ja, Herr Oberamtmann, dor sünd wi best mit inverstahn!« grienten die Moorhahntjes, und so heißt der Ort bis heute: Zwischenbergen.

De to fründelk is, hett en bedragen of will en bedregen.

Logik

An einem regnerischen Tag im Jahre 1846 überholte ein Emder Kaufmann mit seinem Pferdefuhrwerk bei Petkum einen schwerbepackten Fußgänger. Dieser bat ihn, eine Strecke mitfahren zu dürfen. Der Kaufmann willigte ein, und der Fahrgast nahm hinten auf dem Wagen Platz, ohne jedoch seine Last abzulegen. Auf die erstaunte Frage des Emders erwiderte der Gast ebenso verwundert:

»Nee, ik kann doch nich verlangen, dat He mien Pack ok noch mitfahrt!«

Revolution

In den bewegten Märztagen des Jahres 1848 faßten auch die Arbeiter in den Krummhörner »Deichstickerdörfern« Mut und rückten ihren Herren zu Leibe. In Greetsiel gingen einige »Revolutionäre« in die Häuser der Bauern und Bürger und forderten eine festgesetzte Geldsumme, und zwar eine »Pistole«, das entsprach fünf Reichstalern Gold.

Bei dem Domänenpächter van Eden entspann sich folgender Dialog:

»So, Buur, stah up, Jo Hörn is nu för uns! Wi worren nu Buren!«

»Dat is moij, Jungens, man nu seggt eben, wat willen ji egentlich van mi?«

»Wi willen een Pistol' hebben!«

»Dor harr ji twee!«

»Nee, een is genoog, dor harr Ji de anner weer!«

»Na, denn weest ok fründelk bedankt!«

»Goden Abend, Buur!«

»Goden Abend, Jungens!«

s.a. Anmerkungen

Die Norder Bürgerwehr

Im Revolutionsjahr 1848 stellten auch die Norder eine 450 Mann starke Bürgerwehr auf. Das Bataillon sollte für die angeblich bedrohte Ruhe und Ordnung sorgen und zur Küstenverteidigung herangezogen werden, denn vor dem Hintergrund der deutsch-dänischen Streitigkeiten um Schleswig-Holstein befürchtete man einen Landungsversuch.

Der Kommandant und Tabakfabrikant Arend Wilhelm Steinbömer bereitete seine Männer mit sonntäglichen Exerzierübungen und Parademärschen auf den Ernstfall vor. In der einzigen Stunde der Bewährung vermied er jedoch eine kriegerische Auseinandersetzung.

Als am 8. Juni im Seegatt vor Norderney ein dänisches Kriegsschiff gesichtet wurde, versammelte Steinbömer zwar die Bürgerwehr unter Trommelwirbel auf dem Marktplatz, schickte aber nur einen Spähtrupp zur Küste.

Zu einem Einsatz kam es nicht, da der Feind am Abend von selbst wieder abzog. Während sich die Norder — wie böse Zungen behaupteten — bei einem ausgiebigen Zechgelage von der Aufregung erholten, forderte der immer noch besorgte Amtmann Oldenhove durch einen reitenden Eilboten militärische Hilfe aus Aurich an. Noch im Morgengrauen des 9. Juni machte sich Oberst von Münster mit einer Truppe auf den beschwerlichen Fußmarsch gen Norden. Erst in Marienhafe erreichte ihn im Laufe des Tages die Meldung von der längst überstandenen Gefahr.

Ein Spottlied, das bald zum Gassenhauer wurde, hielt die Erinnerung an die Norder Bürgerwehr lange wach:

Sonntags, wenn die Kirch' geschlossen
und die Leute sind zu Haus,
horch, dann hört man Trommelschläge,
uns're Bürger rücken aus.
Norden, Ostfrieslands ält'ste Stadt,
die so tapf're Krieger hat.

Dann geht's durch die Klosterstraße,
jeder nimmt sich fein in acht,
wird dafür zum großen Spaße,
von Vernünft'gen ausgelacht.
Norden . . .

Ist dann jemand auch was pucklich
oder hat ein schiefes Bein,
ach, das kümmert alles wenig,
er muß doch ein Krieger sein.
Norden . . .

Auf dem Schauplatz, nah' bei Lintel,
wird von allen Halt gemacht,
und verschärft mit Kriegsgeschrei,
Vivat, Lebehoch gebracht!
Norden . . .

s.a. Anmerkungen

Plattdeutsch vor Gericht

Vor gut hundert Jahren enthielt das ostfriesische, vor allem das Harlinger Platt noch viele altfriesische Wörter und war für Fremde manchmal kaum zu verstehen.

So blieb einem aus der Göttinger Gegend stammenden Justizbeamten die Aussage einer alten Ostfriesin völlig unverständlich, die so begann:

»'k was al 'n hennigen Fohn un waarde 't Meentegoot — wereintig 't is mi to, as weer 't vandage —, ik breide jüst mit meßken Wieren an Hasen för mien Beppe . . .«

Zu deutsch: »Ich war schon ein größeres (fast erwachsenes) Mädchen und hütete das Gemeindevieh (wörtl.: Gemeindegut) — wahrhaftig, mir ist so, als wäre es heute — ich strickte gerade mit Messingnadeln Strümpfe für meine Großmutter . . .«

Zwei Zeugen hatten ausgesagt: »De Spitzbove settde sük un do hoo de Schandarm hum mit de Sabel!« Der Schreiber übertrug »settde sük« wörtlich: »setzte sich«, statt richtig, jedoch damals schon weniger gebräuchlich: »widersetzte sich«. Der Richter folgte dem Protokoll und verurteilte in erster Instanz den Landgendarm wegen Amtsmißbrauchs zu einer Gefängnisstrafe.

Dat Bett

As dat noch keen Isenbahn in Ostfreesland geev, truffen sük bi Winterdag in Leer en Major ut Emden, en Landrichter ut Auerk und en Pastor ut Rheiderland. Se wullen mit'nanner up Bremen an. De Fahrt mit Peerd un Wagen gung al froh up Dag los.

Abends, se weern al in de Oldenbörger Kuntrei, kweem der mit 'nmal en Daak up. Se kunnen neet wiederfohren. In en Weertshuus frogen se an, of se dor woll to Nacht blieven kunnen. De Weertsmann krabb sük achter de Ohren. He harr man blot een Bett, un he much nüms vör de Kopp stöten.

Man he wuß sük to helpen. Eerst froog he de Major, wat he um de Hannen harr. »Ik hebb twintig Jahr in Emden in de Garnison legen«, sä de. De Landrichter vertell, dat he twintig Jahr in Auerk Vörsitter bi de Landgericht west harr. Un de Pastor meen, dat he twintig Jahr up de Kanzel stahn harr.

Nu wuß de Weertsmann, well dat Bett tostunn:

»Du, Major, hest twintig Jahr legen — du, Landrichter, hest twintig Jahr seten, un du, Pastor, hest twintig Jahr stahn. Di kummt dat Bett to! Ji anner beiden kriegen en Strohlager in de Kohstall. Dor is 't ok lecker warm!«

Nüms is geern nix, elk is geern wat.

Der Schraubendampfer

Der früher im Zentrum der Stadt gelegene Auricher Hafen konnte nur von kleinen Schiffen angelaufen werden. Dennoch machten sich am 1. April 1869 einige im Piqueurhof einquartierte Offiziere den Spaß, die stets auf Sensationen erpichten Bürger kräftig an der Nase herumzuführen.

Sie ließen durch den Ausrufer Krüger verkünden, daß nachmittags ein Schraubendampfer auf dem Treckfahrtskanal von Emden her komme und zur allgemeinen Besichtigung vor Anker gehen werde. Hunderte von Schaulustigen stellten sich ein, die das einmalige Ereignis nicht versäumen wollten.

Statt des erwarteten Schraubendampfers kreuzte nach einiger Zeit jedoch nur ein gewöhnliches Muttschiff auf der Wasserfläche. Die gefoppten Zuschauer schluckten ihren Ärger mit Bier und Branntwein hinunter.

Einem Poeten fielen zu dem Ereignis die folgenden Zeilen ein:

Aurich ist ein schönes Städtchen,
weil es an dem Hafen liegt,
drinnen gibt's wohl alte Schrauben —
aber Schraubendampfer nicht!

Das wohlgefüllte Fass

In den siebziger Jahren des 19. Jahrhunderts nahm ein Emder Kaufmann, der bei jedermann großes Vertrauen genoß, von vielen Seiten Gelder in Verwahrung. Eines Tages verbreitete sich das begründete Gerücht, der Mann stünde vor dem Ruin. Mehrere Sparer eilten zu ihm, um ihr Geld zurückzufordern.

Der Kaufmann wußte sich zu helfen.

Er drehte ein Veerp (Kornmaß) um, häufte auf den »hogen Boom« (hohen Boden = Vertiefung oberhalb des Bodens) Pistolen (1 Pistole = 5 Reichstaler Gold) und erweckte so den Eindruck eines wohlgefüllten Fasses. Der Betrug wurde nicht entdeckt, die Leute gewannen wieder Vertrauen und brachten ihr Geld zurück. Die Nachricht hatte sich bald herumgesprochen und weitere Mahner blieben fern.

s.a. Anmerkungen

Das Siegesmahl

Als Napoleon III. nach der Kapitulation von Sedan 1871 in Gefangenschaft geraten war, läuteten überall im Lande die Glocken. Auch viele Weeneraner Bürger eilten zur Post, um das dort angeschlagene Siegestelegramm zu lesen, unter ihnen auch ein Stuhlmacher, den halbfertigen Stuhl unter dem Arm.

Auf dem Rückweg begegnete er einem alten Bauern, der mit dem Ruf »Haalt Ardappels« wie immer seine Kartoffeln anpries.

Der Stuhlmacher rief ihm zu:

»Keerl, holl up mit dien Tuffels! Se hebben hum ja! Mörgen gifft Ries mit Rosinen!«

Beharrlichkeit

Als der Nordgeorgsfehn-Kanal in den Jahren 1872 - 1891 beträchtlich nach Norden verlängert wurde, mußte eine in der Nähe von Remels einsam im Moor gelegene Hütte dem Kanal weichen.

Obwohl dem Besitzer eine bessere Wohnung angeboten wurde, weigerte er sich, seine Heimstätte aufzugeben, und erklärte:

»Ik bliev, wor ik bün. Ik will nich to mien Huus ut.« Vergebens suchten ihn der Gemeindevorsteher und der königliche Beamte umzustimmen, vergebens wies man ihn darauf hin, daß er seine Hütte ohne Erlaubnis auf öffentlichem Grund errichtet habe und einen guten Tausch mache.

»Dit is mien Huus«, wiederholte er unbeirrt. Daraufhin ließ der Bauaufseher das Kanalbett rings um die Hütte in vorgesehener Tiefe ausheben. Der Moorkolonist harrte so lange wie möglich auf seiner kleinen Insel aus, bis ihn die Isolation zur Aufgabe zwang.

Fastnachtsspuk

Im 19. Jahrhundert hatte sich in Borssum noch ein Rest des früher wesentlich reicheren Fastnachtsbrauchtums erhalten.

Kurz vor dem »Fastelavend« schlichen die jungen Burschen in die Hühnerställe und rissen den Hähnen die Sichelfedern aus, die den Hut ihres Anführers zieren sollten. So mußte der Besitzer eines solchen geschundenen Tieres am anderen Morgen feststellen:

»De Pias is der west, de Hahn hett sien Mootfeern missen mußt.«

Am »Fastelavend«, dem Abend vor Aschermittwoch, versammelten sich die jungen Männer vor dem Festlokal. Einer wurde zum Peias (Hanswurst) gewählt.

Er führte den Zug an, bekleidet mit einem weißen Nachthemd, auf dem Kopf einen weißen Papierhut mit langer Hahnenfeder. Das Gesicht hatte er hinter einer Maske verborgen. Um sich durch seine Stimme nicht zu verraten, blieb er stumm und tanzte mit den ausgefallensten Sprüngen und Verrenkungen vor den Haustüren. Die beiden Begleiter des Peias waren nicht verkleidet, einer spielte den Rummelpott, der andere trug den Gabenbeutel. Sie sprachen den alten Reim:

Fastelavend is een Vreugd
För des Landes junge Jeugd . . .

Nach Erhalt der Gabe dankten sie:

Vööl hefft gij gegeven
Saalig möögt gij leven . . .

Dann ging es zurück zum Festlokal. Dort wurde ausgiebig gegessen und getrunken; die Pfanne auf dem Herd wurde nicht kalt entsprechend der alten Redensart:

»He hett 't nett so drock, as 't Pantje up Fastelavend.«

Auf einem abseits gelegenen Bauernhof war einmal eine Familie zugezogen, die die Borssumer Sitte nicht kannte. Als sich der Peias mit seiner Schar dem Haus näherte, sah die Frau aus der Haustür, erschrak und rief:

»Mann, kumm gau, hier spöökt dat, Trummel un Musik!«

s.a. Anmerkungen

Nahverkehr

Bevor im 19. Jahrhundert die ersten Klinkerstraßen gebaut wurden, waren die Verkehrsverhältnisse, vor allem in der Marsch, katastrophal. Mensch und Tier mußten sich häufig durch den zähen Schlamm der aufgeweichten Kleiwege quälen. Viele Wege waren nur im Winter bei starkem Frost oder im Sommer zu benutzen. So waren einzelne Dörfer im Spätherbst und Frühjahr manchmal wie Inseln voneinander abgeschnitten.

Fußgänger suchten sich deshalb bei längeren Märschen ihren eigenen Pfad:

Mit einem Pullstock (Springstock) zogen sie querfeldein über Weiden, Äcker und Gräben. Der Stab trug am unteren Ende eine hölzerne Scheibe, um ein Einsinken zu verhindern. Man setzte ihn auf den Boden des Wasserlaufes und so wurden selbst breitere Hindernisse schwungvoll »überflogen«.

Der Reiseschriftsteller Freiherr Albert von Seld, der die ersten sechs Monate des Jahres 1846 in Ostfriesland verbrachte, schildert eine Szene, die damals selbst manchen Einheimischen beeindruckt haben muß:

»Auch greise, ehrbare Prediger fliegen so durch die Luft, und es gewährt einen sonderbaren Anblick, wenn ein alter, sonst sehr förmlicher reformierter Geistlicher mit seinem dreieckigen Hut, im Leibrock und mit dem langen, schleppenden, schwarzen Schweif am Rockkragen, ohne den er niemals ausgeht, hoch an der Stange in der Luft schwebt.«

Künstliche und natürliche Wasserstraßen waren daher für den Nahverkehr unentbehrlich. Loogschiffer sorgten, vor allem in der Krummhörn, für die Beförderung von Personen und Waren. Ein ungewöhnliches Transportmittel hatte sich der um 1890 in Wybelsum amtierende Pastor Hoefker bauen lassen: eine Trage mit einer hölzernen Kabine und zwei Sitzbänken.

Wenn Hoefker und sein Rysumer Amtsbruder zu kirchlichen Anlässen nach Emden reisten, wurde die »Sänfte« zwischen die Bordwände eines Loogschiffes gesetzt. Auf diese Weise fuhren die beiden Geistlichen bequem in die Stadt.

Schlittschuhe dienten im Winter auch Pastoren als praktisches Fortbewegungsmittel.

Eines Tages schöfelte der Reepsholter Pfarrer auf dem vereisten Ems-Jade-Kanal von Marcardsmoor nach Hause zurück. Mitten im schwungvollen Lauf rief ihm vom Ufer her ein Bauer laut »Moin« zu. Freundlich und würdevoll grüßte der Geistliche zurück und prallte unversehens mit dem Kopf gegen die Reepsholter Brücke. Den Zusammenstoß überstand er gottlob unbeschadet, bis auf einen gehörigen Brummschädel und einen zerbeulten Hut.

s.a. Anmerkungen

Der Ausrufer

Im vorigen Jahrhundert gab es noch Ausrufer, die mit einer Glocke durch die Straßen zogen und amtliche Verordnungen und andere Neuigkeiten verkündeten.

In Norden hatte einmal ein »Utroper« beobachtet, daß viele Dienstmädchen ihre Besorgungen durch ein ausführliches Schwätzchen über Gebühr in die Länge zogen. Als er wieder einmal das Mädchen des Kaufmanns Negenoog in einer munteren Runde entdeckte, klingelte er und rief lauthals:

»Al langer as 'n Stünn is Peter Negenoog sien Maid in 't Vermiß! Well d'r Nahricht van geben kann, sall dat neet umsünst daan hebben!«

Kaum hatte er seinen Spruch beendet, war die Runde auch schon auseinandergestoben.

Vivat Doornkaat !

Jan ten Doornkaat Koolman (1773 - 1851), Sohn eines holländischen Kornbrenners, verließ im Verlauf der napoleonischen Wirren zu Beginn des 19. Jahrhunderts seinen Geburtsort Midwolda im Groningerland und ließ sich in Norden nieder, wo er 1806 eine Genever-Brennerei gründete. Aus dem kleinen Betrieb entwickelte sich später die größte Kornbrennerei Europas.

Der Name der mennonitischen Familie läßt sich bis in das frühe 17. Jahrhundert zurückverfolgen; ursprünglich stammte sie vermutlich aus Doorn bei Utrecht. Die Mutter des Norder Firmengründers war eine geborene ten Doornkaat. Der Name Koolman erinnert dagegen an den väterlichen Zweig und soll auf folgendes Geschehnis zurückgehen:

Im 17. Jahrhundert lehnte ein männliches Familienmitglied aus religiösen Gründen den Kriegsdienst ab. Um den Werbern zu entgehen, versteckte er sich in einem dicht bepflanzten Kohlfeld. Als ihn die Häscher schließlich entdeckten, sollen sie gerufen haben:

»Da haben wir den Kohlmann!«

Nach dem Tode des Firmengründers führten die Söhne Jan (II.) und Fiepko das Unternehmen. Jan war eine vielseitige Persönlichkeit. Er galt als tüchtiger Geschäftsmann und machte sich einen Namen als Sprachforscher (Wörterbuch der ostfriesischen Sprache) und Politiker. 1877 wurde er als nationalliberaler Abgeordneter in den Reichstag gewählt. Aus Freude über die Nachricht telegraphierte ein begeisterter Geschäftsfreund aus Leer nach Norden:

»Vivat Doornkaat!«

Als der Glückwunsch in der Firma verlesen wurde, hielt ihn der Expedient für einen plattdeutsch erteilten Auftrag auf »Fiev Fatt Doornkaat!«

Wenige Tage darauf erhielt der ahnungslose Gratulant — fünf Faß Doornkaat.

Jugendfreunde

Wie viele kleine Orte in Ostfriesland hatte auch Berum bei Norden früher ein eigenes Amtsgericht und Gefängnis. Bei einer Inspektion wollte der Auricher Landgerichtspräsident nicht nur die Räume, sondern auch den damals einzigen Insassen des Kerkers sehen. Als der Gerichtsdiener die Zelle öffnete und »Achtung!« brüllte, nahm der Häftling eine stramme Haltung an.

Präsident und Inhaftierter blickten sich kurz an — und erkannten sich: beide waren im selben Dorf zusammen aufgewachsen. Während der sonst redegewandte Beamte noch um eine passende Begrüßung rang, faßte sich der Gefangene schneller. Verlegen lächelte er den Jugendfreund an und brach das peinliche Schweigen mit den Worten: »Dag, Smidt!«

Grober Unfug

Um die Jahrhundertwende waren Tempels Gaststätten in Borssum ein beliebtes Emder Ausflugslokal.

Noch heute erzählt man zahlreiche Geschichten von G.F. Garrels, dem wohlbeleibten Wirt.

Um Gäste anzulocken, verfiel er auf originelle Ideen. So ließ er an Wochenenden große Warmluftballons in Tiergestalt aufsteigen. Einmal landete ein Ballon direkt neben der alten Rixte, die gerade ihre einzige Kuh molk. Die Kuh sprang zur Seite, stieß den Milcheimer um und Rixte-Möh rief erschrocken:

»De lebennige Düvel kummt van boven!«

Garrels wurde angezeigt und wegen groben Unfugs zu einer Geldstrafe von zehn Mark verurteilt.

Feuer in der »Hoose«

Bis in die späten dreißiger Jahre gab es in Emden eine Straße mit dem Namen »Hoose«.

Während einer Bürgervorsteher-Sitzung im Jahre 1932 wurde ein Antrag der Straßenanwohner verlesen. Ihr Wortführer, Ebeling, argumentierte, durch die Verbindung zur Doelestraße sei die »Hoose« nun offen, der Name träfe daher nicht mehr nicht mehr zu. Auch löse es immer wieder Gelächter aus, wenn ein Bürger auf die Frage nach seiner Wohnung antworten müßte:

»Ich wohne in der Hoose.«

Einmal bemerkte ein Emder, daß im Hause Ihnen in dieser Straße ein Feuer ausgebrochen war.

Er stürzte zum nächsten Telefon — damals wurden die Gespräche noch handvermittelt — und rief atemlos:

»Hallo Fräulein, hören Sie! Bei Ihnen in der Hoose brennt's.«

s.a. Anmerkungen

Die Ersten Autos

Die Pioniere der ostfriesischen Autofahrer waren die Schlosser Johann und Carl Freese in Norden. Im Jahre 1902 bauten sie in ihrem Familienbetrieb an der Westerstraße eine zweisitzige Benzinkutsche nach eigenen Konstruktionsplänen. Den »Explosionsmotor« und das nötige Zubehör beschafften sie sich von auswärtigen Spezialfirmen; das Benzin lieferte die ortsansässige Schwanen-Apotheke.

»Herrjees, 'n Wagen ahn Peerd!« staunten die Norder, als die beiden Brüder das knatternde Vehikel zunächst auf einer Fahrt in die Westermarsch ausprobierten und schon kurz darauf eine längere Tour nach Aurich unternahmen. Die beschwerliche, oft von Pannen unterbrochene Hinreise dauerte von sieben Uhr morgens bis zwölf Uhr mittags. Die Rückfahrt verlief zügiger; schnelle Radfahrer konnten den Wagen zuweilen nicht mehr einholen.

Der rollende Eigenbau wurde ein Jahr später über eine Anzeige in einer Fachzeitschrift an einen böhmischen Tuchhändler verkauft, der den Zweisitzer aus Norden abholte und die rund tausend Kilometer bis zu seinem Heimatort in zwei Wochen bewältigte.

Die Brüder Freese bastelten daraufhin ein zweites Einzelstück und stellten ihre Firma auf den Vertrieb und die Reparatur von motorisierten Fahrzeugen um. Ein Stammkunde, der praktische Arzt Dr. Fenger, erwarb als vermutlich erster Norder ein Motorrad. Unter Anleitung der Brüder

Freese und bewacht von Sicherheitsposten an allen gefährlichen Straßenecken drehte er schier unzählige Proberunden um den Marktplatz. Als man ihm zurief, daß es nun genug sei, fuhr er trotzdem weiter. Schließlich erkannte man, daß der aufgeregte Doktor den Knopf nicht fand, der die Zündung kurzschloß.

Viel Glück hatte Fenger mit seiner Neuerwerbung nicht. Aber er wußte sich zu helfen. Bei den vielen Pannen außerhalb der Stadt ließ er das Vehikel stets irgendwo am Straßenrand stehen. Die Patientenbesuche setzte er mit einem geliehenen Fahrrad fort, nicht ohne vorher der Werkstatt telefonisch den Standort seiner defekten Adler-Maschine mitzuteilen. Sie mußte dann von den Mechanikern, häufig genug nach Feierabend, abtransportiert werden. Ein Witzbold reimte:

»Im Westen geht die Sonne unter, Doktor Fenger hält uns munter!«

Einer der ersten Autofahrer vor 1914 im Kreis Norden war der Gutsbesitzer Jakob Noosten aus Ostermarsch. Schon frühmorgens rumpelte er mit seiner Benzinkutsche durch die Stadt und schreckte die Einwohner aus dem Schlaf. Von ihm hieß es im Volksmund: »Steigt die Sonne auf im Osten, sitzt am Steuer Jakob Noosten!«

Nach dem germanischen Donnergott Donar nannte der Arzt Dr. Daniel das Automobil, mit dem er 1905 durch Aurich und über Land fuhr. Das lautstarke Fahrzeug erregte Aufsehen, brachte seinem Besitzer aber auch manchen Ärger ein.

Wütend waren die Bauern, wenn Daniel sie mit seinem »Donar« auf einer engen Landstraße in Bedrängnis brachte und die Pferde scheuten. Der Arzt verschaffte sich Platz; er bewarf die Tiere mit Kartoffeln, die er stets in einem Beutel mit sich führte.

Wenn das Automobil durch die Dörfer um Aurich lärmte, schüchterten die Mütter ihre Kinder ein: »Kinners, weest leev, anners kummt Doktor mit sien Düvelskaar und haalt jo!«

Der Eisenwaren-Kaufmann Heinrich Goeze war einer der ersten Autobesitzer und der erste Fahrlehrer in Leer. Seinen Unterricht begann er 1910 mit einem »Übungskurs für Herrenfahrer und Chauffeure«. Jahrelang fuhr Goeze einen Opel-Vierzylinder, den er liebevoll »Leporello« nannte — von hinten gelesen: »Oller Opel«.

Wi kunnen as Bröörs mit 'nanner leven, sä de Jung tegen sien Vader, man du wullt ja neet.

Nu noch 'n Mal un denn neet mehr, sä de Jung, do harr he jüst dat Letzde ut de Sirupspott slickt.

Ik hebb 't al to wat brocht, Moder, sä de Jung, ick hebb Lusen.

Wenn Kinner willen kacken up oll Lü's Gemacken, denn fallen se dör de Brillen.

't gifft keen ansteckender Krankheit as Hojappen.

Dat is nu leider 'n gesunden Tiet, sä de Aptheker to de Dokter un de Afdecker.

Mi is en lever, de moij lüggt, as en, de heelnix seggt.

De keen Koh hett, mutt sien Katt melken.

Mit Tiet un Fliet kann man woll 'n Strohbült na Paris dragen.

Pissen geiht vör 't Danzen — erst dat Nödige, dann dat Vergnögen.

Man mutt de Sack uphollen, wenn de Appels fallen.

Eckensteher, Delftspucker und Sonnenbrüder. Auf Anregung der neu gegründeten Komitees gegen den übermäßigen Alkoholgenuß wurden um 1880 in Aurich, Emden, Leer und Norden vom Magistrat »Säuferlisten« aufgestellt.

Wirte und Branntweinverkäufer durften an die in der Liste aufgeführten Personen keinen Alkohol ausgeben. Die Maßnahme schlug fehl, die Betroffenen besorgten sich Schnaps in Flaschen und erhielten so wesentlich billiger und mehr Alkohol als beim Konsum in der Wirtschaft.

Bokelmann. »Bokelmann im Himmel« wandelt ein uraltes Motiv ab, das sich bis in die vorchristliche Antike zurückverfolgen läßt. Ähnliche Geschichten finden sich bis in die neueste Zeit in vielfachen Varianten in der Kunst- und Volksliteratur.

Vergl. auch im »Buch vom ostfriesischen Humor« die Texte: Ein Juister im Himmel (Bd. 2), Ostfriesisches Selbstbewußtsein (Bauer Kloppenburg), Papst Pius, (Bd. 3).

Jantje-Möh. Vor allem in den Geestdörfern war es Sitte, älteren Leuten ohne Unterschied des Standes die Bezeichnung Ohm (Oheim) und Möh oder Moy (Muhme) beizugeben. Das Gesinde nannte jedoch die Herrschaft stets Buur bzw. Fro.

Oll Willm. Sabbatisten, auch Sabbatarier: Sammelbezeichnung für verschiedene christliche Glaubensgemeinschaften, die das Alte Testament vorrangig betonen und das Gebot des Sabbat auch als für Christen verbindlich ansehen.

OTZ = Ostfriesische Tageszeitung

Oll Willm knüpfte mit dem Namen seines Hundes an eine alte Tradition an. So gaben Bauern im Rheiderland jahrzehntelang ihrem großen Hofhund den Namen »Camfort«, nachdem im Siebenjährigen Krieg (1761) französische Söldner unter dem Oberbefehl des Marquis de Conflans und seines Unterführers Oberst Cambfort, vor allem im westlichen und südlichen Ostfriesland, grausam gewütet hatten.

Bis in das 19. Jahrhundert hinein war das von Conflans abgeleitete Wort »Kumflander« der Inbegriff alles Ehrenrührigen, das ärgste Schimpfwort (nach Onno Klopp).

Die drei christlichen Feste. Die Pächter der 23 zu Gödens gehörenden Höfe waren verpflichtet, je einen Treiber zu stellen. Meistens kam der Pächter selbst oder ein erwachsener Sohn, denn die Teilnahme an dem zweitägigen Treiben galt nicht als unangenehme Pflicht, sondern als Ehre und Vergnügen.

Ein ähnliches Döntje wird mit der Pointe erzählt: Swienslachten un Neejohr.

Das ostfriesische Alphabet. Der Ostfriese hängt vielen Wörtern (Substantiven, seltener Verben und Adjektiven) gern eine Verkleinerungssilbe ([t] je, [s] ke) an, z.B.: Bröör, Bröörke; Oog, Oogske; Trappen, Trappentje usw.

Links ab nach Deutschland. Dodo Wildvang (1873 — 1940), Dr. h. c., ostfriesischer Lehrer und Geologe.

Seine erstmals 1929 erschienene, physikalisch-politische »Karte von Ostfriesland« im Maßstab 1 : 200.000, die er später zu einer großen Wandkarte 1 : 50.000 ausarbeitete, war für viele Schülergenerationen ein Begriff.

Muttermilch. Die Kinder wurden früher im allgemeinen wesentlich länger gestillt, um eine sofortige neue Schwangerschaft auszuschließen, ein natürliches und fast immer wirksames Verhütungsmittel.

Doktor Geyken. Nachwuchs wurde erwartet: Die Geschichte wird auch von Dr. Martin Hake, Leer, erzählt.

Eingenäht. Auch in anderen deutschen Landstrichen, z.B. in Ostpreußen, vor allem in Masuren, aber auch in Schweden war es üblich, Kinder und ältere Frauen bei Einbruch der kalten Jahreszeit einzunähen.

Antje Gerdes. Vermutlich hat sich die Kunst des Knochenbrechens gerade in Ostfriesland aus zwei Gründen bis heute erhalten: wegen der abgelegenen Lage und der weitverbreiteten Viehzucht. Die Tätigkeit der Knochenbrecher ist zwar offiziell gesetzeswidrig, ihre Fähigkeit wird jedoch von vielen Ostfriesen im Laufe ihres Lebens mehrfach in Anspruch genommen, ebenso wie sie auch insgeheim von manchem Arzt empfohlen werden.

Die Herren sagen Nein. Menno Simons (1496 — 1561), ein westfriesischer Theologe, wurde nach 1535 Führer der später nach ihm benannten christlichen Reformbewegung der Täufer, auch Anabaptisten (Wiedertäufer) oder Doopsgezinde (Taufgesinnte) genannt. Die Mennoniten erkennen bis heute kein verpflichtendes Bekenntnis an, berufen sich auf das reine Bibelwort, verwerfen Kindertaufe, Eid und Kriegsdienst.

Gräfin Anna (1501 — 1575) regierte Ostfriesland vormundschaftlich für ihre Söhne von 1540 — 1561.

Die Anekdote ist auch aus Flandern überliefert und wird hier einem Mennoniten namens Busschaert zugeschrieben.

Schade, daß du Enno heißest. Magister Jacobus Wigand, aus Flensburg gebürtig, war von 1603 bis 1610 Hofprediger in Aurich und anschließend bis 1616 ältester Prediger in Marienhafe.

Graf Ulrich war von Wigand, dem damaligen Hofprediger, getauft worden.

Als tieferer Grund für die Ausweisung des Predigers werden konfessionelle Streitigkeiten vermutet. Die Gemeinde Marienhafe, obschon offiziell lutherisch, soll seinerzeit noch weitgehend reformiert gewesen sein.

Das menschliche Leben ist wie eine Schweinsblase. Der reformierte Pastor Cornelius Brill, * Emden 1725, † Simonswolde 1807, lehrte von 1753 — 1765 in Nesserland, ab 1766 in Simonswolde. Die eigenwillige Rechtschreibung der in einem leicht niederländisch gefärbten ostfriesischen Niederdeutsch gehaltenen Zitate folgt im allgemeinen den Vorlagen: Kern/Willms, Ostfriesland und Meier, Ostfriesisches Familienbuch. Die Schreibung wurde behutsam redigiert und die Substantive groß geschrieben.

Remmer Janßen. Den häufig aus Backsteinen oder Bremer Floren (blankgeschliffenen blauroten Tonplatten) bestehenden Küchenfußboden bestreute man vor Sonn- und Feiertagen mit feinem weißen Sand. Der Platz unter den Stühlen blieb frei. Die Ränder wurden »gekantjet« (abgekantet) und mit kunstvollen Ornamenten verziert, die aus freier Hand gestreut wurden, meistens in einem Schlangenmuster, manchmal aber auch in floralen Formen oder freien Arabesken.

Ubbo Paulus Voß. Der Pastor von Resterhafe wurde alle sechs Jahre durch den Generalsuperintendenten persönlich visitiert, eine späte Reverenz für die alte Dornumer Herrlichkeit, die die Kirchspiele Dornum und Resterhafe umfaßte.

Wiedersehen. Der Besuch des Pastors Kwami wurde im September 1932 von der Gauleitung Weser-Ems der NSDAP öffentlich als »Kulturschande« und »Herausforderung« bezeichnet. Die »Kwami-Affäre« wuchs sich zu einem ernsten Konflikt zwischen der evangelischen Kirche und den Nationalsozialisten aus.

Mißverstandene Predigten. Wie die schoen past . . ., »Wem der Schuh paßt, der zieht ihn sich an«. Seit der zweiten Hälfte des 16. Jahrhunderts bis in die achtziger Jahre des 19. Jahrhunderts war Niederländisch, vor allem im überwiegend reformierten westlichen Teil Ostfrieslands, Kirchen- und Schulsprache. Erst Ende 1928 verschwand der niederländische Psalm in der letzten Gemeinde der Altreformierten Ostfrieslands in Bunde. Von einem Hochdeutschen sagte man auch: He proot lütters, er spricht lutherisch.

Quodlibet. Nach 1773 wurden in den reformierten Gemeinden neue, veränderte und verbesserte Psalmen eingeführt. Das Format der alten Bücher, das Silbenmaß der Texte und die bisherigen Noten wurden jedoch beibehalten.

Falls sich jemand aus finanziellen Gründen kein neues Gesangbuch anschaffen konnte oder auch die alten Psalmen vorzog, konnte er daher, ohne aufzufallen, zur Begleitung der Orgel die alten Texte singen (nach Wiarda).

Grabinschriften. Hier liggt begraven Frau Margeret . . . fegen = anfahren, hart begegnen, prügeln, zurechtsetzen, hier: Wortspiel bezogen auf »Feegfüür«.

Feine Seemannsnase. Einen ähnlichen Vorwurf hat Berend de Vries seiner Geschichte »Norddiek is weg . . .« zugrunde gelegt.

Schipper Meeuw. Die Bört-(Beurt) oder Reiheschiffahrt wird betrieben von Schiffen, die der Reihe nach zu festgesetzten Zeiten zwischen bestimmten Orten hin- und herfahren; sie haben das Vorrecht, Güter und Personen dorthin zu befördern. Beurtschiffe waren ursprünglich holländische kaufmännische Postschiffe. Beurt (niederl.) = Reihe.

In Ostfriesland hatte Bört früher die allgemeine Bedeutung: die Tour fahren oder schiffen. (nach Berghaus, Sprachschatz der Sassen I). Börtschiffer = Eigner eines Börtschiffes.

Zwei Juister im Himmel. Der Text folgt der Fassung in: Volksbote. Ein gemeinnütziger Volkskalender f.d. Schaltjahr 1880, Oldenburg, angeblich nach einer Erzählung von Hermann Allmers. Bereits 1879 war das Thema in der Zeitschrift »Gartenlaube« von dem Dramatiker und Journalisten Dr. Heinrich Kruse poetisch aufgegriffen worden. Sein in Hexametern verfaßtes Gedicht wurde kurz darauf in englischer Übertragung in dem amerikanischen »Syracuse Daily Journal« veröffentlicht. In einem im selben Jahr erschienenen Beitrag für die »Gartenlaube« ergänzte Karl Blind, der Vorwurf des Gedichtes erinnere ihn lebhaft an einen Schwank von Hans Sachs (Sant Petter mit den lanvzknechten im himel). Kruse erwiderte, der Vergleich sei zwar treffend, aber seine Quelle sei die »allermodernste«, nämlich ein 1878 in einem Berliner Wochenblatt veröffentlichter Aufsatz von Fanny Lewald.

Willm-Ohm. Das echte Labkraut (Galium verum) kommt auf Juist in den Dünen häufig vor. Die getrockneten und zerstoßenen feinen Wurzeln vermischte man mit Bier, legte sie schichtweise mit Wollgarn in einen mit Wasser gefüllten Kessel und ließ das Ganze etwa eine Stunde kochen. Man erhielt verschiedene Rottöne, z.B. ein schönes, haltbares Ziegelrot oder auch ein mattes Kupferrot.

Du tyske Satan. Tysk (dänisch) = deutsch. Die Geschichte geht auf einen Bericht im Leerer Anzeigeblatt, Jg. 1896, zurück. Eine vergleichbare Begebenheit erzählt Perizonius aus dem Jahre 1795. Kontrahenten sind hier die Emder Dreimastgaliot »Die blühende Blume« und ein französisches

Kaperschiff. Perizonius merkt an: Die Engländer erzählen einen ähnlichen Vorfall, nehmen aber den Haupthelden für ihre Nation in Anspruch und nennen ihn Arthur Ridley.

Ein verhindertes Duell. Muttschiff = kleine Tjalk mit abgerundetem Bug und Heck, umlegbarem Mast und Seitenschwertern. Bei einer mittleren Tragfähigkeit von 15 — 30 Tonnen dienten Mutten vorwiegend zum Torftransport von den Fehnen.

Faschine: Reisigbündel zur Uferbefestigung und zum Bau von Lahnungen (Buschdämmen).

Iesdern Gesundheit. Der »Stremel Seemannsgarn« des Leeraner Apothekers und Heimatschriftstellers Dr. (Julius Heinrich) Ludwig Deichmann (1863 — 1932) verdient, der Vergessenheit entrissen zu werden. Der Text wurde bearbeitet und gekürzt.

Der Bettler zu Marienhafe. In anderen Fassungen wird dem Bettler der folgende Vers in den Mund gelegt:

»Du leve Heer in Hemelriek,
verdeelst dien Gaven ungeliek:
De eene giffst du Land un Sand,
de anner de Bedelpüüt in de Hand!«

Bekannt ist auch die Variante: Ein Junge steht auf einem Steg, spricht den Vers und wird von einer Bö in den Graben geschleudert.

Nicht für die Ewigkeit. Der Text folgt der vermutlich ältesten Fassung von Beninga. Karl Lerbs nahm 1938 die Anekdote unter dem Titel »Von der Vergänglichkeit« in seine Sammlung »Der lachende Roland« auf, Ort der Handlung ist Bremen.

Der starke Balz. Obwohl Ostfriesland erst 1744 an Preußen fiel, hatte Friedrich Wilhelm I. bereits 1732 den Titel eines Fürsten von Ostfriesland in die Reihe seiner Herrschaftstitel aufgenommen. Damit bekräftigte er das 1694 seinem Vater, Friedrich I., vom Kaiser verbriefte Recht auf Belehnung mit dem Fürstentum Ostfriesland nach dem Aussterben der Cirksena.

Den Braten gerochen. Der Ort Zetel war damals so verrufen, daß sich die Zeteler Leinenhändler als Bockhorner bezeichneten, wenn sie in Ostfriesland Handel trieben.

Die Flinten-Mahlzeit. Das Thema klingt an in dem ostfriesischen Sprichwort: Man kann woll 'n Flint koken, dat 't Natt goot smeckt (d.h. durch [gute] Zutaten kann man vieles schmackhafter machen), sowie in der Volkserzählung von den zwei Mönchen, die sich in einem Wald verirrten. Müde und hungrig trafen sie in einer Köhlerhütte einen unfreundlichen Jungen, der ihnen auf die Frage nach etwas Speise erklärte, nichts zu haben. Die Mönche suchten Kieselsteine, erbaten von dem Jungen einen Topf und entlockten ihm nach und nach Zutaten für eine schmackhafte Suppe. J.P. Hebel hat das Thema gleichfalls variiert in »Der schlaue Pilgrim« (Schatzkästlein des rheinischen Hausfreundes, 1808).

Revolution. Die Episode erinnert an eine ähnliche Szene in Thomas Manns »Buddenbrooks« (Teil 4, Kapitel 3), in der Konsul Buddenbrook der fordernden Menge, verkörpert durch den Lagerarbeiter Carl Smolt, entgegentritt.

Die Norder Bürgerwehr. Arend Wilhelm Steinbömer war u.a. englischer Konsul. Auf der Durchreise nach Norderney hat König Georg V. von Hannover bei ihm in Norden mehrmals »den Tee genommen«.

Die 1769 gegründete Tabakfabrik Steinbömer & Lubinus wurde 1917 von dem Norder Kaufmann Onno Behrends übernommen und als eigenständiger Betrieb bis 1972 weitergeführt. Die kräftige Rauchtabak-Mischung »Schwarzer Krauser« schmeckte früher vielen Ostfriesen nicht nur in der Pfeife, sondern auch als Priem (Kautabak). Frei nach dem alten Volksreim über die Deichsticker hieß es: Laat susen, laat brusen, Steinbömer achter de Kusen!

Das wohlgefüllte Faß. Bis zur endgültigen Einführung des Dezimalsystems zum 1.1.1872 differierten die Maße und Gewichte von Amt zu Amt und von Stadt zu Stadt häufig sehr stark. Das Veerp, auch Vierdup, war allgemein der veerde Hoop (Haufen) einer Tonne ($^1/_4$ Tonne = 2 Scheffel = ca. 50 Liter). Aber noch in der ersten Hälfte des 19. Jahrhunderts unterschied man u.a. das Auricher, Emder und Norder Veerp. Ein Auricher Veerp enthielt 42, ein Emder 32 und ein Norder 40 Krooß (Krug). 1 Krooß = ca. 1 $^1/_3$ Liter.

Fastnachtsspuk. Die »Fastelavendfenten« wurden ebenso wie die »Heiligen drei Könige mit ihrem Stern« polizeilich verboten, da es manchmal zu unschönen Auswüchsen kam. Das Festlokal war im allgemeinen eine vorher ausgewählte ländliche Küche. Die niederländische Herkunft der beiden Reime ist unverkennbar. Den vollständigen Text enthält: Blikslager, Stimmen der Heimat. Pias, Pius, Peijatz = Hanswurst, Possenreißer, Spaßvogel, abgeleitet von: Bajazzo [baggiano (ital.) = Einfaltspinsel].

Nahverkehr. Vor allem in der Krummhörn hatte jedes Dorf früher einen Loogschiffer (Dorfschiffer), der für die Dorfbewohner Bestellungen und Lieferungen hauptsächlich von und nach Emden erledigte.

Die Schiffe waren 7,5 bis 15 t groß und hatten einen niederlegbaren Mast.

Feuer in der »Hoose«. Die »Hoose«, heute Zimmererstraße, war ursprünglich eine Sackgasse, so ist vermutlich auch der Name zu erklären: Hose = Strumpf; Beinbedeckung, Hose.

Inhalt

Vorwort

Von Müßiggängern und Originalen

7 Eckensteher, Delftspucker und Sonnenbrüder
11 Bokelmann
13 Ik will jo wat schieten!
14 Bernd Klootscheeter
15 Jan Bitter
15 Jantje-Möh
16 De Hunnertjahrige
17 Die Moordorfer Venus
18 Pütt und Harm Ruugfröst
19 Oll Willm

Von Kindern und Erziehern

25 Pingeln
25 De Baas in de Weeg
26 Früh übt sich
26 De Nöösdrüppel
27 Kluntje für den Pastor
27 Opa befrett mi!
27 Kein Wunder
28 Verkehrt verstahn
28 Denn maak wi ok noch 'n Pestoor
29 Hett de blixemse Fent dat doch wall daan?
30 Die drei christlichen Feste
30 Fual redo fuas!
31 Reihetisch und Manteltragen
33 Haltet die Feder trocken
34 Das ostfriesische Alphabet
35 Eine peinliche Verwechslung
36 Die Orgelprobe
36 Zusammenarbeit
36 Spatzen unter der Mütze
37 Kindersegen
37 Links ab nach Deutschland

38 Die einfachste Lösung
39 Hoch- und Plattdeutsch
39 Muttermilch

Von Ärzten und Patienten

43 Friedrich Theodor von Frerichs
44 De swarte Foot
45 Wat för de Büx!
46 Doktor Geyken
47 Die Brillen-Sammlung
48 Eingenäht
49 Antje Gerdes

Von der Kirche und ihren Dienern

53 Prügel für den Bischof
54 Den Kirchturm in Wein aufgelöst
55 Nächstenliebe
56 Die Macht des Schinkens
57 Die Herren sagen »Nein«
58 Hermann de Werwe
59 Schade, daß du Enno heißest
60 Das menschliche Leben ist wie eine Schweinsblase
62 Pietismus
63 Esel van Osten
64 Herr Peerdkopp
65 Die schmutzigen Pastorenschuhe
65 Die sparsamen Verlaatjer
66 Das griechische Testament
66 Kircheninspektor Pfeiffer
68 Pastor Strate
69 Remmer Janßen
72 Deutsches Reichspatent (DRP)
73 Ubbo Paulus Voß
75 Die »Vermahnung«
75 Wiedersehen
76 Dat dröge Fell
76 Zweierlei »Ehr«

77 Weitab
77 Pastor und Lehrer halten zusammen
78 Mißverstandene Predigten
79 Wittmunder Galpsacken
80 Rabe und Nachtigall
80 Quodlibet
80 Der Klingelbeutel
81 Von der Sünde
81 Habakuk
82 Denn bün 'k der west
82 Sympathieerklärung
82 Die Heilige Schrift
83 Wenn 't denn nich anners wesen kann
84 Grabinschriften
85 Kaptein Mütz
85 De Köster van Bunde
86 Een Tuut un du flüggst rut!
86 Dat Leed van de Brill
87 Der Küster von Backemoor
88 Feierlicher Eindruck
88 Die Stimme aus dem Grab
89 Energie sparen
90 Der Leichenbitter
90 Totengräbers Dank
91 Das Stedesdorfer Taubenhaus

Von Insulanern und Fahrensleuten

95 Insulare Philosophie
95 Die salomonische Farbmischung
96 Borkumer Badeleben
97 Schlimmer Winter
98 Feine Seemannsnase
98 Schipper Meeuw
100 Jan-Stralli
101 Borkumer Weinsuppe
102 Unverwüstlich
102 Zwei Juister im Himmel

103 Zuversicht
103 Hillerk-Ohm
104 Willm-Ohm
106 Norderneyer Justiz
106 Jakobine beißt, Jakob nich
107 Die Enttäuschung
108 Gaanz langsam!
108 Seenot
109 Zwei Schafe
109 Küster Lükes eigene Zeit
110 Bademeister Otten
110 Neueste Unterrichtsmethode
111 »Dicht bi« und »Wiet weg«
111 Insulanerkeuschheit
112 Du tyske Satan
113 Ein verhindertes »Duell«
114 Vörenn un Achterenn
114 Iesdern Gesundheit

Von alten Zeiten

119 Ik sall 't an de Mester seggen
119 Der Bettler zu Marienhafe
120 Die Finte des Focko Ukena
121 Die Butterkanone
122 Nicht für die Ewigkeit
122 Eine Köpenickiade
123 Der starke Balz
124 Den Braten gerochen
125 Die Flinten-Mahlzeit
126 Saterländer
127 Die wundersame Verwandlung
128 Ab heute heißt Ihr Meyer!
129 Vereinigung
130 Windgeld
130 Hoger up!
131 Ik trouwe dien Hond niet
132 Timmeler Französisch

133 Preußenschnaps
133 Zinskenfehn
134 Zwischenbergen
135 Logik
135 Revolution
136 Die Norder Bürgerwehr
137 Plattdeutsch vor Gericht
138 Dat Bett
139 Der Schraubendampfer
139 Das wohlgefüllte Faß
140 Das Siegesmahl
140 Beharrlichkeit
141 Fastnachtsspuk
142 Nahverkehr
144 Der Ausrufer
144 Vivat Doornkaat!
145 Jugendfreunde
146 Grober Unfug
146 Feuer in der »Hoose«
147 Die ersten Autos

Anmerkungen

Niederdeutscher Humor in unserem Verlag

Heinrich Diers, Dat dat dat gifft. Anekdoten aus Stadt und Land Oldenburg, ISBN 3-7963-0016-2, 128 S., cell. Ppe.

Carl Julius Hibben, Ostfriesland wie es denkt und spricht. ISBN 3-7963-0089-8, 319 S., Leinen. Die umfassende Sammlung ostfriesischer Redensarten und Sprichwörter.

Krüschan Holschen, Mit den groten Brummvagel in Unkel Sam sien Land. ISBN 3-7963-0024-3, 47 S. m. Grafiken v. Jörg Drühl, kart.

Krüschan Holschen, Hochtietsgrusen. Plattdüütsche Geschichten to'n Smüüstern un Högen. ISBN 3-7963-0065-0, 112 S., cell. Ppe.

Krüschan Holschen, Holschen. ISBN 3-7963-0093-6, 103 S., cell. Ppe.

Krüschan Holschen, De gesunne Karkenslaap un annere Smüüstergeschichten. ISBN 3-7963-0066-9, 119 S., Efalin.

Krüschan Holschen, Riemelreegen. ISBN 3-7963-0026-X, 78 S., cell. Ppe.

Walter A. Kreye, Murd un Dootslag bi de Nibelungen — Gudrun, oder: Von de Waschbütt op'n Königsthron (Fidele Weltgeschicht op Platt 1) Illustrationen Jörg Drühl, ISBN 3-7963-0019-7, 64 S., kart.

Walter A. Kreye, De Odyssee — oder: Nach der Heimat möcht' ich wieder! — aver Odysseus meent: »Dat ielt nich so!« De Argonauten — Een Geschicht von Leevde, Dood un'n Schaapbucksfell (Fidele Weltgeschicht op Platt 2) Illustrationen Jörg Drühl, ISBN 3-7963-0042-1, 92 S., cell. Ppe.

Bruno Loets, Uns Kea — wat se sä un wat se dä. ISBN 3-7963-0018-9, ca. 80 S., kart.

Verlag Schuster Leer